世間已無陳金芳

石一楓 著

RENJIAN
PUBLISHER
中國作家協會

序

施淑
（淡江大學中文系榮譽教授）

從零星讀到的大陸文學界評論，以〈世間已無陳金芳〉得獎，結集成書後又入選中國小說排行榜的石一楓，幾乎都被拿來與曾因〈頑主〉名噪一時的文革後作家王朔相提並論，認為寫作上呈現著戲謔幽默的京味語言，亦莊亦諧的敘述風格的他，是踵繼王朔的「新一代頑主」作家。因為生活和文化情境的隔閡，在無法確切領會那應該是北京人生命哲學的神髓之一的「頑主」的究竟時，光是以王朔的〈玩的就是心跳〉、〈動物凶猛〉和〈頑主〉等等感覺上誇張喧鬧的小說世界做參照，除了語言和敘事風格的戲謔調侃，還真不知該怎麼把兩個新舊頑主的創作理念和意識內容兜在一起思考。不過從一般觀念中所謂「把玩當正經事」的頑主的遊戲人間的視野，從他們所謂「不務正業」，因而相對上不帶批判及價值取捨的視角，或許反倒可以比較直接真切地看到發展中的社會歷史現實，而它不只限於小說書寫對象的北京一地，是大陸當今的普通現象和生命問題。

經過一個文學世代，石一楓和他筆下的小說人物都是大陸改革開放的同齡人，這個被稱為八〇後的文學世代，不同於文革後主導文壇的共和國同齡人作家，一方面在政治轉向，在鄧小平讓一部分人先富起來的政策性允諾下，從他們誕生開始，前行代曾有的不論幻滅與否的革命理想，理所當然地被追逐財富及由之判定的成功或失敗置換。另一方面，在成長過程中，八九民運的政治禁忌，使他們的思想活動陷入迷惘壓抑。在這樣的處境下，政策上摸石頭過河的指示，在生活實踐中能摸到的無非是打造資本主義物質基礎的石頭，要渡越的也無非是瀰漫生命的資本主義社會文化的滾滾洪流。〈世間已無陳金芳〉的主角陳金芳就是在這洪流中弄潮終至滅頂的一個範例。滅頂前她以一句話總結她所有的努力和未了的心願：「我只是想活得有點兒人樣」。

作為一個人，陳金芳一意追求的活得有點「人樣」，她的取法對象，根據小說中從容不迫的現實主義的細節描繪，是現代社會中產階級的文明生活，而這帶有菁英氣味的生活方式得透過來自湖南鄉下的陳金芳不斷流失生命的本真和自我完整來換得。

小說中，這位中國資本主義大潮中的北漂少女，當她叫做陳金芳的時候，這看來土氣的命名，就像馬克思所說「在東方，黃金本身就是價值」，承載著的是農業中國所能想像的圓滿的祝福。而喜好音樂，擁有人的美的本能的她，進了北京城後，開始時是躲在樹旁，聆聽住在「大院裡」，身上殘留著文化特權的小說敘述者拉小提琴，以被看做庸俗的花俏裝扮介入都市生活。為了維護這文明初體驗，她不惜以頭破血流爭取城市居住權；接著，不會彈奏樂器的她，又以流血的代價買來能夠滿足她對音樂的渴望而又象徵高雅文化的鋼琴。當她終於把自己的身體轉化為資本，以自己的藝術本能為中介，打入北京文化社交圈，穿上小禮服聽音樂會看畫展，改名「陳予倩」的她，就以這帶著時尚光環的名字和身上的名牌服飾，如願地得到她希望的「活得有點兒人樣」的身分認同，過起那時尚流行的新名字指涉和應許的偶像劇式的「人樣」的人生。

就像小說標題「世間已無陳金芳」的雙關意義，因為投機倒把和詐欺罪被捕，從世間舞台消失的陳金芳，除了顯示她個人生命的終結，還象徵著她所代表的曾存在於世間的人的生命形式，人的希望和欲望，在商品經濟席捲下的質變和解體。透過小說中陳金芳到陳予倩的自願或非自願的蛻變歷程，透過這個取法乎西方而又不全然是西方社會文化的山寨版的中國新興都會的現代傳奇，石一楓這篇又好看又有趣的小說，調侃諧謔之餘，自有其現實主義藝術的嚴肅意義和重量。

同樣是現代中國的都會傳奇，〈地球之眼〉以更大的格局，更繁複的現實事件，呈現新世紀中國面臨的問題。這個網羅了貪腐、洗錢、美國綠卡、電子監控、高新產業等等重大和熱門議題的小說世界，給予人的是全球化時代，號稱地球村居民的無所逃於天地之間的感覺。而在這個新科技操控人的行為意識，改寫人的生命內容的時刻，小說主角安小男，這個專攻電子信息和自動化科系，被公認為腦袋裡「裝著半個矽谷」的北京名牌大學學生，偏偏不安於本業，固執地追尋有關人的「道德」這個老掉大牙的倫理學的終極問題。在追尋過程中，他雖然因為道德的緣故，拒絕為銀行安裝商業間諜用的網路監視軟件，也因為道德的緣故，為打貪腐和破獲洗錢立下神奇大功。但到最後，為了母親的安危，為了逃避貪腐集團的迫害，他還是以頂尖的電子科技才能，在北京陋巷裡做起為人民服務的監視錄影生意。

在這篇探討人的成功與失敗的小說裡，特別引人注意的是環繞安小男故事呈現出來的資訊時代的道德意識問題。如小說中描述，因為不願貪汙而含冤自殺的安小男父親，死前留下的有關「道德」的質疑，成了糾纏他畢生的天問和魔咒。面對它帶給安小男的煎熬和不幸，連慣於嘲諷，自以為世事洞明的小說敘述者都無法拿它當「一場怪誕的黑色喜劇」打發，反而讓自己「感到了浩大無比的悲愴，彷彿肉體以外的東西都被震成了粉末」。最後，當安小男假科技之力，運用電子監控，成功地讓貪腐洗錢等罪惡一一現形，走入網路世界的「道德」卻成了不是人的力量能轉移，不是人的善惡意志能左右的鬼魅似的存在，一如小說所說的：「一條信息只要發出，就會和它的主人毫無關係，它更像是游弋在宇宙中的一顆彗星，到底是在茫茫的時空裡銷聲匿跡，還是天崩地裂地把地球撞出一個大洞，都不是人能夠決定的了。」

不必等待科幻小說的異形入侵，也不需要精神分裂的噩夢連連，從石一楓這篇談笑自如，所有事物看似以相等的重力漂蕩的現代傳奇浮現出來的這隻「地球之眼」，這個現代啟示錄，或許更讓人感覺到人的毀滅，人的末日吧。

二〇一六年八月於淡水

目錄

世間已無陳金芳

1

那年夏天，小提琴大師伊扎克．帕爾曼第三次來華演出，我的買辦朋友b哥囤積了一批貴賓票，打算用以賄賂附庸風雅的官員。沒想到演出前兩天，上面突然辦了個學習班，官兒們都去受訓了。他的票砸在手裡，便隨意甩給我一張：

「不聽白不聽。」

演出當天，我穿著一身體面衣服，獨自乘地鐵來到大會堂西路。正是一個夕陽豔麗的傍晚，一圈水系的中央，那個著名的蛋形建築物熠熠閃光。蒼穹之上，飄動著鳥形或蟲形的風箏。穿過遛彎兒的閒人拾階而上時，我身邊湧動著的就是清一色的高雅人士了，個個兒後脖頸子雪白，女士鑲金戴銀，一些老人家甚至打上了領結。檢票進入大廳的過程中，我忽然有點兒不自在，感到有道目光一直跟著自己，若即若離，不時像蚊子似的叮一下就跑。

這讓我稍有些心神不寧，頻頻四下張望，卻沒在周圍發現熟面孔。走到室內咖啡廳的時候，忽然有人揚手叫我，是媒體圈兒的幾個朋友。他們憑藉採訪證先進來，正湊在一起喝茶、講八卦。我坐過去喝了杯蘇打水，和他們敷衍了一會兒，但目光仍在魚貫而入的觀眾中徘徊。

「瞎尋摸什麼呢？這兒沒你熟人。」一個言語刻薄的禿子調笑道，「你那些『情兒』都在城鄉接合部的小髮廊裡創匯[1]呢。」

這幫人哈哈大笑，我也笑了。片刻，演出開始，我來到前排坐下，專心聆聽。琴聲一起，我就心無旁騖了。

大師與一位斯里蘭卡鋼琴家合作，演奏了貝多芬和聖桑的奏鳴曲，然後又獨奏了幾段幫他真正享譽全球、獲得過格萊美獎的電影音樂。壓軸曲目當然是如泣如訴的〈辛德勒的名單〉。一曲終了，掌聲雷動，連那些裝模作樣的外行也被感染了。前排的觀眾紛紛起立，後排的像人浪一樣跟進，當帕爾曼坐著電動輪椅繞台一周，舉起琴弓致意時，許多人乾脆喊了起來。

在一片叫好聲中，有一個聲音格外凸顯。那是個顫抖的女聲，比別人高了起碼一個八度。連哭腔都拖出來了。她用純正的「歐式裝逼[2]範兒」尖叫著：

「bravo! bravo!」

那聲音就來自我的正後方，引得旁邊的幾個人回頭張望。我也不由得扭過身去，便看見了一張因為激動而扭曲的臉。那是個三十上下的年輕女人，妝化得相當濃豔，耳朵上掛著亮閃閃的耳墜，圍著一條色澤斑斕的卡地亞絲巾。再加上她的下巴和兩腮稜角分明，乍一看讓人想起凱迪拉克汽車那奢華的商標。

初看之下，我並沒有反應過來她是誰。直到她目光炯炯地盯著我時，我才驀然回過神來。這不是陳金芳嗎？

音樂會散場的時候，陳金芳已經在出口處等著我了。此時的她神色平復了下來，兩手交叉在淺色西服套裝的前襟，胳膊肘上掛著一只小號古馳坤包[3]，顯得端莊極了。雖然時隔多年不見，但她並未露出久別重逢的驚喜，只是淺笑著打量了我兩眼。

「你也在這兒。」

「夠巧的……」

說話間，她已經做了個「請」的手勢，往大劇院正門外走去。我也只好挺胸抬頭，儘量以

1 創匯：經濟術語，原指通過貿易等途徑獲得外匯。此處指賺錢。
2 裝逼：裝腔作勢，矯揉造作地賣弄。
3 坤包：女式皮包。

「配得上她」的姿態跟上。出門以後她問我去哪兒，我說過會兒我老婆來接我。她看看錶，表示接她的人也還沒到，剛好可以找個地方聊聊。聊聊就聊聊吧，儘管我實在不確定能跟她聊點兒什麼。

大劇院附近的茶室和咖啡館都被剛散場的觀眾們擠滿了，我們步行了半站地鐵的路程，才在勞動人民文化宮對面找到一家雲南餐廳。走路的時候，她一直沒跟我說話，高跟鞋堅定地踩著地面，回聲從長安街一側的紅牆上反射回來。落座之後，她又重新看了看我，然後才開口：

「你也變樣了。」

「那肯定，都十來年了，沒變的那是妖精。」

「不過你還真不顯老。」她抿嘴笑了，「一看就挺有福氣，沒操過什麼心。」

「還真是，我一直吃著軟飯呢。」

「別逗了。」

「你不信？那就權當我在逗吧。」我略為放鬆下來，恢復了固有的口氣，同時點上支菸。

她又問我：「現在還拉琴嗎？」

「武功早廢了。」

「過去那幫熟人呢，還有聯繫嗎？」

「也沒了。他們看不起我我也看不起他們。」

「這倒像你的風格。」她沉吟著說。

「我什麼風格？」

「表面賴不嘰嘰[4]的，其實骨子裡傲著呢。」

這話說得我一激靈[5]。類似的評價，只有我老婆茉莉和幾個至親對我說過，沒想到陳金芳對我也是這個印象。要知道，我自打上大學以後就再沒見過她呀。我不禁認真地觀察起這位初中同學來，而她則毫不避諱地與我對視，兩條小臂橫搭在桌子上，那架勢簡直像外交部的女發言人。

很明顯，陳金芳在等著我向她發問，比如問問她這些年過得怎麼樣，曾經幹過什麼事兒，眼下又在忙什麼之類的。然而對於那些曾經生活在窘迫的境遇裡，如今則徹頭徹尾地改頭換面的故人，我一貫不想給他們抒情言志的機會。倒不是嫉妒這些人終於「混好了」，而是因為他們熱衷表達的東西實在太過重複。無非是「憶往昔崢嶸歲月稠」的顧影自憐，外加點兒「敢教日月換新天」的豪情，就算把自己「煽」得一把鼻涕一把淚，也藏不住他們眉眼間那惡狠狠的揚眉吐氣。只要看看《藝術人生》或者《致富經》之類的節目，你就會發現電視裡全是這些玩意。

4 賴不嘰嘰：嬉皮笑臉，無賴嘴臉。

5 一激靈：形容一驚，被嚇了一跳。

於是，我故意說：「你現在不拿烙鐵燙頭了吧？」

她愣然了一下：「你說的是什麼時候的事兒了？」

「上學的時候呀。那可是個技術活兒，我記得你在很長時間裡只剩一條眉毛了。」

出乎我的意料，陳金芳既寬厚又爽朗地笑了：「你還記得呢？現在我也想起來了。後來我只好往眼眶上貼了塊紗布，騙老師說是騎自行車摔的。」

她的反應讓我很不好意思。那種失態的挑釁更印證了我的膚淺和狹隘，而此時的陳金芳則顯得比我通達得多。接下來，我便不由得說出了自己原本不願意說的話：

「你可真是大變樣了……剛才我都不敢認你。」

「也就表面變了，其實還挺土的。」

「這你就是謙虛了，不知道自己在別人眼裡已然驚為天人了嗎？」我舔舔嘴唇，幾乎在阿諛她了，「你究竟是怎麼做到的？」

更加令我意外，陳金芳反而對自己避而不談了。她簡短地告訴我這兩年「剛回北京」，正在做點兒「藝術投資方面」的事兒，然後就又把話題引回了我身上。她問我住在哪兒，具體在什麼地方上班，又感嘆我把小提琴扔了「實在是太可惜了」。我則被弄得越來越恍惚，也越來越沒法把對面這個女人和多年前的那個陳金芳對上號。

我們有一搭無一搭地聊了許久，普洱茶第二次續水的時候，陳金芳的電話響了一聲。她看了看短信說：「我得走了。」

我也欠身站起來：「那回頭再聊。」

我給她留了自己的電話，而她則遞給我一張頭銜相當繁複的名片。我陪著她走到街上，看到路邊停著一輛英菲尼迪越野車。這兩年有點兒錢的文化人或者有點兒文化的有錢人都喜歡買這種車，前不久還有一位大臉長髮的音樂人因為醉駕被抓了典型[6]，出事兒時開的就是這一款。陳金芳走向副駕駛座的時候，已經有一個身材高挑、二十出頭的男人下來為她打開了車門。那小夥子穿著一件帶網眼的緊繃T恤衫，遭受過臏刑的牛仔褲裡露出兩個瘦弱的膝蓋，看上去倒像某個高級髮廊的理髮師傅。他對陳金芳頷首，壓根兒就沒看我，重新發動汽車之後絕塵而去，氣流攪得路邊的落葉旋轉著紛飛了起來。夜風漸涼，再下兩場雨，就要入秋了吧。

過了十幾分鐘，茉莉恰好也加完班，從國貿那邊過來接我了。回家的路上，她問我晚上的音樂會怎麼樣，我隨口說「還成」。我又問她今天忙不忙，她說：「這不明擺著嘛。」然後車裡就陷入了沉默。已經有很長時間了，我們之間沒什麼話可說。

6 抓了典型：當做榜樣示眾，殺一儆百。

藉著立交橋上彩燈的光芒，我偷偷把陳金芳的名片拿出來看了一眼。剛才沒有看清，現在才發現，她的名字也變了。陳金芳已經不叫陳金芳，而叫做陳予倩了。她的變化真可謂是內外兼修呀。

2

我第一次見到陳金芳或云陳予倩，還是在上初二的時候。

那天剛下最後一節課，教室裡亂糟糟的。大夥兒正準備回家，班主任忽然進來，宣布來了一位新同學。但我們往她身後張望，看到的卻是空無一人。老師也有點兒詫異，又探頭朝門外尋摸了一圈兒，喊道：

「你進來呀。在外面哨著幹嗎？」

這才從門外走進一個女孩來，個子很矮，踮著腳尖也到不了一米六，穿件老氣橫秋的格子夾克，臉上一邊一塊農村紅。老師讓她進行一下自我介紹，她只是發愣，三緘其口。老師只好親自告訴大家她叫陳金芳，從湖南來，希望同學們對她多多幫助，搞好團結。

學生們隨即一哄而散。在我們那所部隊子弟學校，像陳金芳這樣的轉校生，基本上每年都能碰上個兩三位。他們跟隨家人進京，初來乍到時與這裡的一切格格不入，好不容易熟悉了環境，跟周圍人能說上話了，但卻往往又要離開。日子久了，我們這些「坐地虎」就學會了對這些學生視而不見。反正他們隨時會從教室裡消失，與其深交又有什麼意義呢？交朋友也是要講究成本的。

更何況這女孩一眼而知是從農村來的，長得又挺寒磣，不管從哪個方面說都非我族類。我們咋咋呼呼地從她身邊湧過，就像繞開了一張桌子或一條板凳。班上的幾個男生跑到操場打籃球，我則倚著籃球架子跟他們臭貧[7]。自從一次打球戳傷手指，造成半個月不能練琴以後，我母親就嚴禁我進行這種活動了。就這麼消磨到夕陽開始下墜，半邊操場都被染紅了，我才拎上書包，跟朋友們打個招呼，往校門走去。

這時背後忽然傳來一陣哄笑。我循著笑聲回過頭去，看見了陳金芳。她手上攥著一只印有「鉀肥」字樣的尼龍口袋，跟在我身後幾米開外。當我前行的時候，她便邁著小碎步跟上來，當我站住，她也站住，支棱著肩膀，緊張地看著我。

面對陳金芳的亦步亦趨，我也有點兒不知所措。我本想呵斥她兩聲，讓她離我遠點兒，但

7 臭貧：耍貧嘴，調侃。

又一想，那樣可能會招來男生們更加誇張的起鬨。於是我儘量讓自己眼不見心不煩，加快速度回家。

九十年代的北京，天空還相當通透，路上也沒什麼車。大部分機關職工都騎自行車上下班，前車筐裡放著裝滿蘿蔔青菜的網兜，透著一股過小日子的家常味兒。我穿過當時的鐵道兵大院兒[8]，到長安街的延長線乘上4路公共汽車，經五棵松到達西翠路，下車後再往南步行十分鐘，就能看見從小居住的那個家屬院了。一路上，共有三尊毛主席塑像揚著手跟我打招呼。這天我的步伐格外快，還像個沒規矩的壞小子似的擠到排隊乘客的前面。看見院門口那幾棟紅磚板樓的時候，我的身上微微冒出了汗，而一回頭，陳金芳仍跟在我身後。

我有點氣急敗壞地站住，等著她走近。陳金芳面無表情地朝我挪了幾步，像直立的豚鼠似的兩手捏著「鉀肥」袋子，置於胸前。她突然對我開口：「我們家也住這裡。」

我「哦」了一聲，她又補充道：「我姐夫是許福龍。」

好一會兒，我才想起許福龍就是食堂裡那個特會和麵的胖子。他是山東人，靠著一手做麵食的手藝，志願兵期滿之後又留在了我們院兒，而且還結了婚，把老婆也弄了過來。這麼說來，陳金芳她姐我也見過，就是在窗口負責盛菜那位。那是個豐滿的少婦，長著一對相當霸道的胸部，夏天不愛穿胸罩，兩個乳頭很顯眼地從迷彩短袖衫裡面凸出來。打飯的時候，我總聽到後勤系統的人逗她：

「你的奶都要噴到飯盆裡啦。」

遭受調戲的陳金芳她姐也渾不吝[9]，掄著勺子笑嘻嘻地和人打鬧。由此可見許福龍兩口子人緣不錯。院兒裡還有個段子，就是許福龍家裡人口多，吃飯挑費高，許福龍便每天蒸出包子、花卷，先往肥大的軍褲褲襠裡塞上兩斤，然後像鴨子一樣火急火燎地跑回家裡。天長日久，許福龍的生殖器相當於每天蒸一次桑拿，便被燙壞了，失靈了。這個段子的指向自然是陳金芳她姐，眾人都認為她那對胸部「可惜了」。而我面對陳金芳，卻很想問問她，假如這個故事是真的，那麼從褲襠裡掏出來的熱氣騰騰麵食，他們又怎麼能夠吃得下去呢？

但這時候，陳金芳就轉頭離開了。我家住在東邊某棟紅磚板樓的一層，她則要前往西圍牆邊上的那排平房。後勤系統雇用的臨時工都被安置在了那裡。

走之前，她還彷彿格外用力地盯了我一眼。

沒想到，就在當天晚上，我又見到了陳金芳。那是在吃完晚飯之後，我父親穿上軍裝去應

8 大院兒：這裡特指部隊機關大院。北京的此類場所通常是工作區和住宅區混在一處，自成社會。

9 渾不吝：滿不在乎。

付一個突然性的檢查，母親照例把我轟進自己的房間拉琴。到了初二時，我練習小提琴已經達到八年之久，因為技藝進展飛快，在樂團工作的母親已經不能再指導我了。為了不「耽誤」我，她領著我滿北京地遍尋名師，並且替我做出了明確的規劃，那就是先拿下幾個重要的青少年比賽獎項，然後考進中央音樂學院。這個目標無疑需要曠日持久的苦練，我關上包了一圈隔音海綿的房門，站在窗前，將琴托架在磨出了一層薄薄的繭子的下巴上。

那天我練習的是柴可夫斯基〈D大調小提琴協奏曲〉。一九九四年，大師帕爾曼首次來華，他熱情地稱讚過北京烤鴨之後，便在人民大會堂演奏了這首曲目，而那場演出的現場錄音唱片已經被我聽壞了好幾張。此刻，頭頂著被飛蛾攪亂的路燈燈光，我幻想自己就是坐在輪椅上的帕爾曼，而草坪上黝黑一片的顏色，則是如潮的觀眾們的頭髮和黑禮服。只不過一轉眼，這種意淫就被隔壁老太太跟兒媳婦吵架的聲音打斷了。

也就是這時，我在窗外一株楊樹下看到了一個人影。那人背手靠在樹幹上，因為身材單薄，在黑夜裡好像貼上去的一層膠皮。但我仍然辨別出那是陳金芳。藉著一輛頓挫著駛過的汽車燈光，我甚至能看清她臉上的「農村紅」。她靜立著，紋絲不動，下巴上揚，用貌似倔強的姿勢聽我拉琴。

也不知是怎麼想的，我推開了緊閉的窗子，也沒跟她說話，繼續拉起琴來。地上的青草味兒迎面撲了進來，給我的幻覺，那味道就像從陳金芳的身上飄散出來的一樣。在此後的一個多小時中，她始終一動不動。

當我的演奏終於告一段落，思索著是不是向她隔窗喊話時，一個女人近乎淒厲的喊叫聲從遠處的夜色中直刺過來。那是她姐在叫她呢。陳金芳嗖地一晃，人就不見了。

3

同學們是什麼時候開始集體排斥陳金芳的？

她默默無聞地在我們班上耗一年，儘管沒交上任何朋友，但卻沒像前兩位借讀生一樣陡然消失，這已經算是個小小的奇蹟了。有一度，她的座位曾經空了半個月之久，大家都認為再也不會見到她了，不過也沒人覺得遺憾；但某一堂課開始時，她又赫然出現在了那裡，仍舊沉默無語，老師一開講，她就趴到桌子上睡覺。

學校裡的課程，她從來就沒跟上過。但學習差並不是陳金芳成為眾矢之的的原因。大家另有理由。

理由之一，是她們家什麼都吃。說這個問題之前，得先介紹一下這家人的人口構成。除了陳金芳及其姐姐姐夫這三個固定成員，那兩間小平房裡還不定期地住過陳金芳的媽、舅舅、叔叔嬸子、表哥表嫂等人。暫居者的面孔雖然常變常新，但總的來說有一條規律，就是許福龍一直生活在外戚當道的局面裡。那些親戚有的是來看病，有的是來找工作，還有的號稱什麼也不為，就是見到別人「進了北京」，自己也想來「看一看」。有那麼一陣，我每天早晨上學的路上，都能看見一輛平板三輪從西平房的拐角駛出來。蹬車的是陳金芳的表哥，一個梨形腦袋，此人的前額被產鉗夾得極其窄，窄得不到巴掌寬，頭頂還被擠出了一個妙不可言的尖兒。車後坐著陳金芳的媽，她患有股骨頭壞死，走路畫圈兒；一旁跟著陳金芳的表嫂，作為梨形腦袋的妻子，此人腦袋的質量自然也不會太高，儘管形狀無異，但卻有輕度痴呆的症狀，愛流口水。這一支浩浩蕩蕩的隊伍披星戴月，幹的是收廢品的營生。而這也是陳金芳家族在北京唯一能夠立足的領域了，她的舅舅，一個僅有的看似聰明的親戚，曾經雄心壯志地企圖挺進代訂火車票的市場，後來被一夥安徽人揍了一頓，連褲子都扒了，寒冬臘月裡只穿一條秋褲，滿臉是血地蜷在馬路牙子上哆嗦。

關於陳金芳家人口之多、之雜亂，還有一個很直觀的說法，是我們班的班主任提供的。她裝模作樣地去家訪過一次，回來感嘆說：「窗台上只有一只刷牙杯，裡面插著七八柄牙刷。」

同學們詫異：這樣一來，怎麼能分清哪支牙刷是屬於哪個人呢？如果她們家人不介意混用，又何必七八把？一把足矣。但陳金芳一家所要迫切解決的問題還不是刷牙，而是吃飯。在春夏之交，我們看見陳金芳她媽沿著院兒裡幹道上那排楊樹走到頭，再走到尾，一邊畫圈兒，一邊往塑料兜裡撿嫩楊花。院兒東頭那棵半死不活的槐樹，也被她們家人「號」得夠嗆[10]。那些年的八一湖還不是封閉公園，水勢也大，夏天男生常常下湖游泳，這時卻看見陳金芳和她姐、她表哥赤腳站在灘塗上撈小魚、摸螺螄，甚至用竹籤子扎青蛙。

客觀地說，以當時北京的生活條件，再怎麼困難的家庭，大米白麵總還是吃得飽的，再說他們家還背靠著食堂，還有許福龍的褲襠這個祕密武器呢。他們的自力更生，主要是為了豐富副食。再也許，他們在老家就有這個習慣，只不過帶到北京來就顯得突兀了。

院兒裡上了歲數的人感嘆說：「三年自然災害的時候，也就這個吃法兒了。」

更駭人聽聞的一件事，是我們學校門口總遊蕩著一隻交配過度，乳頭耷拉到地上的野狗，這狗忽然有一天就不見了，而陳金芳家裡卻飄出了少有的肉香。

排斥陳金芳的理由之二，就直指她個人了。班上的女生恍然發現，原來她還是一個愛慕虛榮的人。這個跡象是逐漸顯現出來的。最初，陳金芳一年四季的換洗衣服不超過三套，一件洗

10「號」得夠嗆：「號」，動詞，指揪下來。「號」得夠嗆意為快揪禿了。

了另一件可能還沒乾，必須得穿著濕的來上學。後來衣服就多了起來，基本上來自於她姐，因此不是紅配綠就是粉配紫，「怯」[11]得要命。有一次，她居然穿了一件帶墊肩的雙排扣西服來上學，那衣服的下擺直垂到運動褲的膝蓋上，簡直像個唱戲的。這衣服還沒穿夠半天，她姐就風風火火地追到了學校，劈頭給了陳金芳一個嘴巴，然後奪過西服出門辦事。而陳金芳臉上印著幾道紅印，還若無其事地對旁邊人解釋說，她姐也準備「下海」了，準備開一個酒店。過了兩個月，「酒店」還真開起來了，是菜市場旁邊的一個小門臉，主營包子餛飩，一群菜販子坐在露天條凳上吃。

陳金芳還是班上女生裡第一個抹口紅的，第一個打粉底的，第一個到批發市場小攤兒上穿耳孔的。後來我揶揄過她的烙鐵燙頭事件，也發生在初三那一年。那段時間，她簡直把自己的臉當成了一片試驗田，什麼新鮮事物都敢往上招呼。她還穿過幾天高跟鞋，那鞋不知是從誰家樓道裡撿來的，一隻鞋跟高，一隻鞋跟矮，這導致她走路的時候也深一腳，淺一腳的，好像被遺傳了股骨頭壞死。

在同學們之前，老師已經看不慣她了。「陳金芳啊陳金芳，」我們班主任說，「你們家那麼個條件，還窮得瑟[12]什麼呀？」

孩子的態度更要比大人極端得多，那幾乎可以稱得上是一場逐漸升級的鬥爭運動。剛開始是班幹部公然用「品質惡劣」「忘本」之類的詞彙斥責她，後來是女生對她翻白眼兒，喝來斥去，再往後居然發展到了動手的地步。一些男生用跳繩抽她，用粉筆頭擲她，還用掃帚把兒捅她的後腦勺。幹這些事兒的時候，大家都義正詞嚴的，但作為旁觀者，我必須得證明，陳金芳並沒有招過誰惹過誰。時至今日，她每天在學校裡說過的話都不超過十句。而說起虛榮，誰又沒這個毛病呢？哭著喊著脅迫父母用半個月的工資給自己買一雙「耐克」球鞋大有人在。

對於一個天生被視為低人一等的人，我們可以接受她的任何毛病，但就是不能接受她妄圖變得和自己一樣。

「你們院兒的陳金芳」，這是別人對我提起她時常用的稱呼。這麼說的時候，他們擠眉弄眼，話裡有話。有兩個跟我關係不錯的女孩兒遺憾地表示：「你呀你，怎麼跟那人住一個院兒啊？」聽她們的口氣，陳金芳就是一塊時時作癢的爛瘡，誰要是跟她扯上關係，那可真是人生的大不幸。

我暗自慶幸，別人沒有發現我和陳金芳之間的隱祕聯繫。自從見面的第一天，我們就把「演奏者」和「聽眾」的身分固定了下來。她會在晚上八點鐘左右出現在我窗前的樹下，我在拿起

11 怯：此處指穿衣顏色豔俗。
12 得瑟：顯擺，炫耀，瞎折騰。

小提琴試音之前，也會望一望外面有沒有那個痴痴愣愣的人影。隨著我的手上功夫變得越發純熟，陳金芳的面目不清的身影也在發生著漸進的變化。她的個頭長高了，輪廓的弧線也有了明顯的凸出和凹陷。如果僅看剪影，任誰都會認為那是一個美好的、皎潔如月光的少女。不知何時開始，我的演奏開始有了傾訴的意味，而那也是我拉琴拉得最有「人味兒」的一個時期。

試想一下，假如不是因為這點交情，我會不會也像其他學生一樣欺負陳金芳，甚至因為她「是我們院兒的」而欺負得更狠呢？我可從來沒在道德品質方面過高地信任過自己。

對於我的演奏，陳金芳當然無法做到每場必到。她們家人多活兒多，下了學，她還得到食堂幫助許福龍扛麵粉，或者把她媽收來的垃圾分門別類裝進蛇皮袋。最長的一次缺席，發生在初三的第二學期，當時陳金芳家裡發生了一個挺大的變故：她在老家的父親正在從雞屁股裡面往外掏雞蛋，突然就一頭扎在雞窩裡，沒氣兒了。按照城裡人的知識推測，可能是突發性腦溢血什麼的，但是村裡人不計較死因，只在乎結果。他們描述，將死者拖出來時，腦袋上糊著厚厚的一層雞屎，連頭髮都變成綠的了。陳金芳的父親去世以後，她母親也只好放棄了對股骨頭壞死的治療，打算回家侍弄那幾畝水田，而她們家的其他親戚也深感京城的居不易，決定集體還鄉。就在這個時候，陳金芳卻拒絕回去。她堅決要求留在北京。

這個要求不僅遭到了她媽的反對，連她姐也不同意。家裡的田不能不要，活兒不能沒人幹，而眼下，陳金芳已經成為了唯一的健康勞動力。從長遠打算，母親一定還指望著她結婚招婿，充當頂梁柱呢。況且，在姐姐姐夫這裡寄人籬下，她又能有什麼出路呢？留下來總不能馬上到社會上去漂著，總得上學。但初中階段屬於義務教育，所以我們學校才不情不願地接收了她這個借讀生，而到了高中，別說學校不收她了，就是收，她也考不上呀。一個初中畢業生，在北京就和文盲一樣的。

但是陳金芳聽不進去。她像是吞了秤砣，鐵了心了。家裡人便開始圍攻她，逼迫她，那些天裡，西平房頻頻傳來打、罵和砸東西的聲音，那是一個人對抗一家人的戰鬥。也實在想像不出來，在學校裡不吭不響的陳金芳，居然有著如此堅韌而潑辣的勁頭。有一天我正打算練琴，鄰居家的老太太過來還毛衣針，順便拉著我母親扯點兒閒話，三言兩語就扯到了陳金芳身上。「沒見過那麼狠的孩子。」消息靈通的老太太感慨，「都鬧騰了多少天了？他們家把她轟出去，她就窩在院兒裡牆角睡覺……說是寧死不走。說來也是，外地人來了北京誰願意走呀？在這兒受苦也比回家強……現在又打上了，窗戶都砸了。」

我母親假客氣著敷衍幾句，就關上了門，但我卻不知為何坐不住了。那天白天，我還在學校看見了陳金芳，這時回想起來，她的臉和身上的確都格外髒，後背上還黏著黑乎乎的一塊煤灰。這大概就是露天睡牆角的結果吧。

我隨意拉了一段練習曲，便獨自開門出去。母親問我幹嗎去，我說擦琴弓的松香用完了，想到另一棟樓裡一個練中提琴的孩子家借一塊。出了門，我沿著白楊樹的林蔭道一路向西，很快就看見了陳金芳一家人租住的那兩間平房。果然有塊玻璃被打碎了，屋裡的燈光像橘子汽水一樣潑出來，同時還有她們家人七嘴八舌的喊叫。因為激動，所有人說的都是湖南土話，我只能聽懂個大意。她媽說陳金芳「翅膀沒硬就想飛」，還說她「忘本」；她姐的話更實際一點，表示已經供她吃，供她穿好幾年了，以後不想再供下去，「不養吃閒飯的」。

陳金芳針鋒相對地反擊，指出自己一直都在幹活兒，何來吃閒飯一說？又表示留在北京，她也不住姐姐家了，「死就讓我死到街上，反正你們也不是沒把我轟出去過」。她越說越激動，同樣的意思顛來倒去地重複了好幾遍，最後乾脆變成了尖厲的叫喊。那簡直是泣血的哀號，雖然站在遠處，我只能看見她顫抖不休的身影，但我猜想，她的表情一定是目眦欲裂的，甚至彷彿從嘴裡長出了獠牙。

她喊得最響的一句話，是用普通話說的：「你們把我領到北京，為什麼又讓我走？為什麼又讓我走？」

這麼喊的時候，她好像把體內所有的氣一口噴出，隨時都會暈倒在地。而沒過兩秒鐘，陳金芳就真的倒了。她姐姐抄起了一支擀麵杖，像在食堂掄勺子一樣掄起來，劃了個完整的弧線，落到陳金芳的天靈蓋上。

打完之後，她姐也傻了，擀麵杖撲稜掉到地上。門外兩個看熱鬧的鄰居叫起來：「出人命啦！」而這時候，還是默不作聲的許福龍比較冷靜，他彎腰抱起陳金芳，撞開門，往醫務室跑去。一大群人沸反盈天地經過時，我不由自主地往旁邊讓了兩步，同時看見陳金芳在她姐夫胳膊上起伏的身體弧線，看見她的胸脯大幅度地隆起、下降。我還看見黑紅色的黏稠的液體順著她的脖子流下來，稀稀拉拉地灑在地上。

此後的兩天，在上學的路上，我都能看到陳金芳灑在水泥路面上的血跡。那些血滴還算新鮮的時候，被清晨的陽光照耀得頗為燦爛，遠看像是開了一串星星點點的花，是迎國慶時大院兒門口擺放的「串兒紅」。沒過多久，血就乾涸汙濁了，被螞蟻啃掉了，被車輪帶走了。而那起家庭暴力事件的後果，則是陳金芳付出了慘痛的代價，終於留在了北京。她繼續沉默著出現在學校裡，被同學們排擠、欺負，也繼續在暗夜裡來到我窗下，聽我拉琴。

但自始至終，我也沒有隔窗與她說過一句話。

4

再後來，我們就畢業了。憑藉小提琴這個特長，我被圓明園那邊的一所重點中學招收，開始了平時住校，假期才回家的生活。作為「金帆樂團」的首席小提琴，我有了許多相當正式的演出機會，參加過和國外學校合辦的音樂夏令營，還跟不少「科教文衛」系統的頭頭腦腦握過手。我與陳金芳那拉琴和聽琴的關係自然就此終止。那就像一個無關緊要的祕密，轉眼就被當事人忘得乾乾淨淨。

在此後的日子裡，我們僅僅見過屈指可數的幾面。

記得有一次見她，是在高一結束，快上高二的時候。當時我剛參加完暑期的「全國青少年音樂聯展」，帶著一身海腥味兒從青島回來。連著游了幾天泳，再加上剛下火車，我疲倦得很，經過大院兒斜對面那一排小賣部的時候，一不留神踢倒了兩個立在馬路牙子上的啤酒瓶。啤酒是半滿的，灑了一地白沫，我趕緊彎腰把它們擺正，但為時已晚。兩個穿著燈籠般的大肥褲子、脖子上掛著大串金屬鍊子的野小子追了上來，他們罵罵咧咧地推搡我，問我「這事兒怎麼辦吧」。

那些孩子大都是從豐台來的，有的是職高的學生，還有的乾脆輟學在家。很多次，我看見過他們把老實巴交的中學生堵在牆角，一邊抽嘴巴一邊搜兜兒，連人家腳上的球鞋也搶。對於我們這些「大院兒」裡的孩子，他們彷彿懷有先天的仇恨，只要碰上落單的決不手軟。我話也不敢說，只是一味心驚膽戰地後退，而這時，一條刺滿了紋身、龍飛鳳舞的胳膊已經搭到了我的小提琴琴匣上。

「拿來我看看。」那人笑著對我說，嘴裡露出一顆缺了一半的門牙。

這人我見過，是個赫赫有名的痞子，因為門牙的原因，外號叫「豁子」。那幾年裡，附近的惡性案件似乎都跟這人有關。更讓我害怕的是，他對我的琴產生了興趣。那是一把德國仿製的「斯科拉迪瓦里」，是我母親託了不少人才買到的。

琴匣被粗暴地從肩膀上拽下來，我趕緊把它抱在懷裡，同時彎腰蹲了下去。這是寧可挨揍也不撒手的姿勢，痞子們果然被我的態度激怒了。他們罵著髒話，揪著我的頭髮，過不了幾秒鐘，拳腳就會準確有力地落在我的臉上、肋骨上。

就在這個時候，頭頂上有個女聲響起來：「你們丫撐的吧[13]？」我保持著大便的姿勢曲頸看去，望到了陳金芳的臉。

13 你們丫撐的吧：丫為汙蔑性稱謂，可後綴在「你」「你們」「他們」等代詞後面使用。撐的，也即吃飽了撐的，沒事找事。

陳金芳穿著一雙明黃色的塑料拖鞋，腳指甲都被塗成了豔紅，它們星星點點地晃動，不知為何又讓我想起了當初灑在水泥地上的血跡。再往上，是牛仔短褲下畢露無遺的大腿。她推開那兩個小子，又把豁子拉開：

「算了算了。」

豁子似笑非笑地問她：「你認識這孩子？」

「說不上認識。」陳金芳乾脆地說，然後加上了一句，「不過他是我們院兒的。」

聽到她這麼說，豁子不知為何露出了乏味的表情。他點上一顆菸，鄙夷地踢了我屁股一腳：「滾蛋。」

我落荒而逃，連頭都不敢回。跑到家裡，心情漸漸平穩下來，我才開始詫異於陳金芳的巨大變化。讓我詫異的倒不是陳金芳突然變得漂亮了，而是我當初從來沒意識到她也是有可能漂亮的。她塗了透明唇膏，打了眼影，還染了一頭耀眼的黃髮，這樣的裝扮令她的臉稜角分明，甚至具備了西方人的立體感。她大面積暴露的肢體散發著蓬勃、咄咄逼人的肉感。更大的變化發生在她的眼神和表情上，過去那種食草動物一般怯弱、忍辱負重的神態早已無影無蹤，取而代之的是肆無忌憚的潑辣與輕佻。再想起是這樣一個陳金芳保護了我，我的恥辱感就更強烈了，那感覺比在音樂比賽上被技法更加純熟的高手「蓋」過去更加難以忍受。

當天晚上，院兒裡的朋友在食堂的小灶為我接風。聽說了我的遭遇後，兩個虛張聲勢的小「頑主」[14]先是號稱要「滅了丫豁子」[15]，但沒幾句話就把話題轉到陳金芳身上了。在他們的描述中，陳金芳已經變成了一個著名的「圈子」[16]，和公主墳往西一帶大大小小的流氓都有過一腿。那些人中年紀小的和我們同齡，年紀大的足有四十多歲，是「文革」時期遺留下來的「老炮兒」[17]。她被豁子「帶著」，也就是近兩個月的事兒。與這次轉手相伴的，自然又是一場血案，豁子曾經趁夜奇襲過陳金芳上一個「傍尖兒」[18]，用一頭裹著布條的鋼筋把人家的腳踝打碎了。

此時的陳金芳被塑造成了妖嬈、輕浮的紅顏禍水，同時還具有了莫大的傳奇色彩。朋友們眉飛色舞地議論她的時候，已經忘了就在一年前，他們還把她當成一個土包子踹來踹去。她也早就不住在我們院兒的西平房了，而是被誰「帶著」，就大大方方地跟誰住到一起。這倒也實現

14 頑主：北京對於地痞流氓的叫法。

15 滅了丫豁子：滅了指懲罰，毆打，丫為汙蔑性稱謂，全稱為丫挺，意為「丫頭養的」。滅了丫豁子指把豁子暴打一頓。

16 圈子：北京對於和流氓來往密切的女青年的叫法。

17 老炮兒：資深流氓。

18 傍尖兒：情人，姘頭。

了她當初對她姐姐說過的，「留在北京也不住你們」的誓言。對於這個臭名昭著的妹妹，也不知她姐姐姐夫做何感想，也許他們管過陳金芳，但管不了，更也許，他們連管都懶得管。她姐的包子餛飩攤兒已經發展壯大，開始兼營給附近的小商鋪送盒飯的業務，本來就忙得團團轉了。

在青島那個啤酒之鄉，我都沒有偷偷從宿舍溜出去喝一杯，那天晚上卻不知怎麼就喝高了。朋友們還以為我遭到了欺負，還在悶頭生氣，便紛紛勸慰我說「君子報仇，十年不晚」。我沒接他們的話茬兒，獨自默默地回了家，坐在自己的床上，垂頭看著窗外洩進來的斑駁的月光。出了會兒神，我突然站起來，拿出琴來。我仍然有點兒暈眩，但竭力站穩雙腳，讓腰桿筆直，演奏了聖桑的〈天鵝〉。這是作曲家在一八八六年完成的《動物狂歡節》組曲中的一個段落，旋律淒美哀婉，叫人心碎。

如今想來，我頗為當時的自己感到不好意思：哪兒來的那一股子泛濫的純情勁兒啊，簡直像怡紅公子一樣，逮著個女的就能腆著臉對人家感時傷懷。我一邊拉琴，一邊抬眼望著窗外白楊樹肅然的黑影，憂傷地尋覓著。我期待自己能像當初一樣，發現陳金芳背手靠在樹幹上。如果這一幕出現的話，我會直視她早已大變的容貌，真誠地感受她渾身上下散發出來的少女的光彩。我還臆想著聽我拉琴的時候，她那女流氓式的、滿臉渾不吝的表情也消失了，取而代之的則是一派沉靜與專注……她的臉上甚至還會帶著和我一樣的憂傷。

可是很遺憾，那天晚上，陳金芳壓根兒就沒在我的窗外出現過。理性地想一想，她再也沒必要來了啊。以豁子為首的那幫人剛剛向她拉開了新舞台的大幕，她不僅留在了北京，而且陡然意識到自己成了紅人兒，晚上正是她忙得不亦樂乎的時候。我的朋友們聲稱在很多「上檔次」的地方看見她，比如說「民族飯店」旁邊新開的那家韓國烤肉，再比如首體南路上的滾軸溜冰場，甚至還有崇文門外久負盛名的「馬克西姆」餐廳[19]。「帶上」她之後，豁子還買了一輛二手的菲亞特「烏諾」轎車，這在當時的年輕人中，絕對稱得上是石破天驚之舉了。要知道，在九十年代中後期，司局級幹部才能坐上國家配備的老款「豐田」或者「尼桑」，而擁有一輛私家汽車，無論大小，都已經是典型的「成功人士」的標誌了。

也就是說，變成了「圈子」的陳金芳再也不需要到我這兒來解悶了。我們演奏者和聽眾的關係就此宣告結束。想明白這一點之後，我終於停止了拉琴。我的心裡突然湧上了被人拋棄的感覺，假如再矯情一點兒，我幾乎要吟出一句「從此蕭郎是路人」之類的屁話了。可是不得不承認，在此以前，我是從來沒打心眼兒裡看得起過陳金芳啊。如今人家不來了，我倒一廂情願地煽起情來……我他媽什麼玩意兒啊。

19 馬克西姆：位於北京崇文門附近的豪華西餐廳。

那也是我第一次意識到自己身上充滿了虛偽的、專屬於知識分子的惡劣脾性。也怪了，從這個角度認清自己之後，先前的羞恥感反而消失了。我幾乎是如釋重負地躺到床上，轉眼就睡著了。

在那之後，我還見過幾次陳金芳，都是在暑假或者寒假期間。朋友們對於她的傳言，有一些在我這兒得到了證實，有一些則存在出入。比如說，豁子的確開了一輛「烏諾」轎車，帶著她穿街過巷，但那車並不只是為了兜風而買的，他們還用它來拉貨。萬壽路南邊有一個小商品批發市場，豁子使出潑大糞、扔磚頭等一系列青皮手段趕走了幾個浙江人，接管了人家的攤位，陳金芳順勢又搖身一變，成了一個老闆娘，專賣廣東生產的便宜服裝。我到那市場去給譜架配螺絲時，曾看見她著裝豔麗地端坐在攤位後面，豁子則滿頭大汗地跑進跑出，從停在門外的車裡將鼓鼓囊囊的蛇皮袋扛進來。此時此刻，他們的形象就不是流氓和「圈子」了，而是像極了一對勤勤懇懇的小買賣人。尤其是陳金芳，她與顧客討價還價時那副熟練、老到的口氣，讓人很難相信她連十八歲都不到。只是在有人問起她本人身上穿的、質地明顯精緻得多的衣服「有沒有貨」時，輕佻傲慢的表情才會回到她臉上。

「想買這個呀？那得奔『燕莎』[20]。」陳金芳翻了個小白眼說，同時對豁子噗哧一樂。

看起來，陳金芳對眼下的生活狀態充滿了死心塌地的熱情。按照這種趨勢，她在此後幾年、十幾年中的軌跡幾乎是可以想見的。比起現如今，當年的經濟環境明顯要寬鬆、公平得多，更關鍵的是機會遍地都有，只要能吃苦會算計，沒有什麼「背景」的人也能混得豐衣足食，甚至還能發筆小財，一躍進入暴發戶的行列。陳金芳和豁子算不算得上情投意合誰也說不好，但起碼，這倆人應該有一個共同點，就是都對金錢有著強烈的攫取欲；而在「兄妹開荒」的生涯裡，他們的性格也會逐漸被磨礪得踏實、安穩。尤其是豁子，不大不小地吃幾次虧，就能讓他學會收斂自己的流氓習性和暴脾氣。等到他們「姘」累了，會自然而然地結婚，繁殖後代，那時的豁子多半會梳上一個大背頭，胳肢窩底下夾著真皮手包，整天忙活的事兒不是滿嘴跑火車地談生意，就是通宵達旦地打麻將；陳金芳呢，她的身體會發胖，她的皮膚和頭髮會一起變得乾黃，她的手上脖子上還會戴個半斤八兩的金首飾，她會滿嘴髒話地罵丈夫罵孩子，但又隨時隨地琢磨著能為自家人占點兒什麼便宜……

千萬別認為我的這番形容有諷刺之嫌，告訴你，這就是那年頭的男女「頑主」們浪子回頭之後的典型形象。這也是我作為一個同學，對陳金芳報以的相當務實的祝福了。

可是無須展望多年以後，僅僅才過了不到兩年，陳金芳就證明了我對她的預期是錯誤的。

20 燕莎：位於北京東部的高級商場。

與此同時，我還讓我母親對我的預期也落了空。高中畢業後，我沒有進入音樂學院，而是被迫改投了一所綜合大學。儘管我從小到大拿過厚厚的一摞獲獎證書，但卻在最關鍵的「藝考」環節中被淘汰了。主持考試的教授對我的評價是：技巧有餘但卻缺乏靈感，如同一座過早發掘殆盡的貧礦，提升空間極其有限。他們斷定我無論再怎麼苦練，也不可能成為一個真正的演奏家，頂多作為一個嫻熟的匠人在音樂圈兒裡混日子。平心而論，這樣的認識不可謂不客觀，連我自己都心服口服。

也許是不忍心看到我那麼多年的琴白練了，兩個好心的老師還把我推薦給了普通高校的管弦樂團，為我換來了幾十分的特長生加分。儘管最終拿到了燙金的錄取通知書，但我的心情仍然頹喪極了，整個兒人沉浸在漫無邊際的失敗主義情緒之中。我對小提琴也迸發出了一種近乎生理性的厭惡，幾乎一看見那玩意兒就想吐——這也是許多專業琴手改行之後的普遍反應。上大學之前的那個暑假，家人不愛搭理我，我也不想跟他們說話，整天不是把自己悶在屋裡，就是騎著自行車在街上閒逛。我黑了一圈兒也瘦了一圈兒，騎車的時候也不抬頭看路，而是低頭盯著柏油路面上的斑點如螞蟻遷徙般湧向身後。我還會惡狠狠地詛咒自己：讓車撞死才好呢。

有那麼一次，我騎著騎著，便真的撞上了什麼東西。很遺憾也很慶幸，不是迎面而來的大卡車，而是前方的一輛三輪車。騎車那老頭兒也沒有嗔怪我，而是像掏自個兒褲襠那樣按著車鬧，伸著脖子朝馬路對面看熱鬧。

那裡圍了一圈兒人，尖厲的叫聲不時響起。因為正在垂頭喪氣，我沒心思看熱鬧，便想繞過那輛三輪車，繼續漫無目的地遊蕩。但又一聲女人的叫喊傳過來，令我像聽到熟人的召喚一樣，不由自主地扭頭。我果然在人堆裡看見了陳金芳。

她斜坐在地上，背對著一家門臉嶄新的服裝店，店面的兩扇玻璃門上分別印著血紅的大字，一邊是「精品」，一邊是「時尚」。陽光滑過紅字照在她臉上，彷彿流得一頭一臉都是血。而她臉上確實還附著著許多汁液，大概是眼淚、鼻涕和口水混合而成的。陳金芳捂著她的腰，大口地喘氣，旁邊的豁子卻揪起她的頭髮，令她像某種水鳥一樣伸著脖子仰面朝天，同時用腳狠狠地踩向她的小腹與胯骨，發出了撲撲的聲音，很像在踩一只暖水袋。男人打女人本來就很刺激，何況是打一個蜜桃般的年輕姑娘，群眾發出轟然的感慨，有人不涼不熱地勸架，卻沒人真上來阻攔一下。而在挨打的過程中，陳金芳始終是一言不發的，她只是尖叫，嗷一聲，又嗷一聲。我突然想起來，過去遭到班上同學欺負時，她也是這個反應。她就像個一捏就響的橡膠娃娃，當疼痛轉瞬即逝，她便會歸於平靜。

也不知是怎麼了，血騰地充滿了我的腦袋。我頭暈眼花，四肢卻幾乎自主地運轉了起來：下車，過馬路，衝進人堆，照著豁子的肚子踹了一腳。我從來沒有真正與人打過架，因此那一腳踹得很沒威力，豁子條件反射地側了下身，就輕易躲開了。但他還是不得不退開一步，與我對峙。我的表情一定是咬牙切齒的，心裡卻絕無英雄救美的豪邁氣概，而是一片百草荒蕪的頹喪。學琴不成、苦功盡廢，對自己深深的失望在這一刻膨脹發酵，演變成了破罐子破摔的尋死欲望。陳金芳被打成什麼樣我才不管呢，我的真實念頭，竟然是想藉助豁子的手，讓他一刀把自己捅了。

我的出現登時讓旁觀者們「哦」了一聲，我猜，他們中的許多人一定把思路往情感糾紛上引了：倆小夥子為了個「圈子」當街動手，多麼俗套又多麼讓人激動。而豁子果然挺配合我的想法，他嘟囔了一句「你丫作死吧」，眼眶裡流出空洞的、狼一般的光來。他的右手則緩緩地向牛仔短褲的屁兜兒摸過去。這種人出門都是隨身帶刀的。從他的眼裡，我彷彿已經看到了自己的下場：血濺五步，像狗一樣趴在水泥地上，四肢間或抽一下筋。這副恥辱的樣子是多麼適合給虛無的、沒有意義的人生畫上句號啊，十八歲的我蓋棺定論地想。我的兩腿開始打戰，括約肌幾乎失靈，費了好大勁兒才沒讓自己當眾尿出來。這不是因為我怕死，而是我正在準備受死。

但只一轉眼的工夫，那讓人血脈沸騰、靈魂出竅的時刻就結束了。豁子插在屁兜兒裡的手剛掏出來，便被一個匆匆趕來的警察擈住。警察熟練地使了個絆兒，把他按倒在地，手反剪在背後上了銬子，然後一邊擦汗，一邊公事公辦地詢問怎麼回事兒。

群眾七嘴八舌，半天也沒講出個頭緒。而此時，豁子卻一反常態，露出近乎於委屈的表情來。他撅著屁股，臉被按在水泥地上，斜著眼睛看向陳金芳，缺了個口兒的門牙發出嘶嘶的哨音來。

「你是不是不想過了……」他掙扎著對她說，口氣與其說是質問，倒不如說像是哀求，「你還有什麼不知足的？」

陳金芳呢，她仍沉默不語。她的手還捂在小腹與胯骨的交界處，但表情是淡漠的，近乎凜然。面對豁子被擠得變形的臉，她的眼神如同在看一個陌生人。無論是警察還是圍觀的人，都豎著耳朵等她說點兒什麼，但陳金芳始終沒開口。她就那麼坐著，彷彿出神入定了。

「你還有什麼不知足的？」豁子又叫喚了一聲。

警察倒是一副見多識廣的樣子，他嗤笑一聲，拽起豁子，塞進微型麵包車改裝成的一一〇巡邏車：「甭跟這兒散德性了，有話到所裡交代去吧——那女的，你也得去。」

陳金芳便順從著站起來，卻沒走向巡邏車，而是一瘸一拐地往店門裡走進去。這時警察又把注意力轉向了我：「有你事兒沒有？」

我還沒說話，陳金芳頭也不回地甩過來一句：「沒他事兒。」

「哦，那你算見義勇為的？見義勇為也得講究方式方法是不是？」警察晃了晃從豁子那兒繳獲的三稜匕首，換了種推心置腹的口氣對我說，「聽我一句話，國家少了你照轉，你們家少了你——不行。」

然後他拍拍我的肩膀，讓我哪兒來的回哪兒去，「就沒工夫給你寫表揚信了。」在眾人的注視下，我仍渾渾噩噩，卻沒離開，而是跟在陳金芳的身後，拐進了店面。這是個新開的服裝店，剛裝修好，地磚的縫隙還勾著白邊兒，不鏽鋼衣架上空空蕩蕩的，尚未來得及羅列任何商品。店面後面，有個簡易的衛生間，陳金芳緩緩走到帶鏡子的洗手池前，仔細地梳洗。她拿毛巾把臉上的各種汁液擦拭乾淨，又長久地凝視鏡子裡的自己。站在她背後，我看見她眼眶和顴骨上泛起的大塊瘀青，也看見她正透過鏡子看著我。

毫無預料地，陳金芳轉過身來，像鳥一樣張開雙臂。我便如同受到了什麼神祕的召喚，一頭扎過去和她擁抱。論個頭兒，我已經比她高出不少，但身體卻不知不覺地越陷越低，直到單腿跪著，臉埋在她的胸前。在摩挲的過程中，我感到她已經膨脹得相當可觀的胸脯反覆蹭著我的面頰、耳朵。我把它們擠得變形，它們則讓我險些窒息。這還是我有生以來頭一次與女性如此密切地肌膚相親呢，那種氣息和質感只在我的春夢裡出現過。但是此時此刻，我卻毫無邪念，就連少男下意識的血脈賁張也沒有發生。我心裡很清楚，這是一個失意人和另一個失意人的擁抱。陳金芳散發著近乎母性的慈愛，而我則想要從她那兒得到安慰。我希望有一個人和聲細語地對我說：沒關係，你所經歷的都是小事兒，不妨礙世界照轉生活照過……然而沒人說話。我只能箍起臂膀，把陳金芳的腰越勒越緊。

和她相擁的時候，我是不是沒出息地哭了，蹭了她一前襟的鼻涕眼淚？這個細節我是真忘了。但陳金芳的氣味和觸感卻像嗞嗞冒煙的烙鐵，在我的感官中留下了真切、不可磨滅的記號。

過了些日子，我順理成章地到大學報了到。我父母大概認可了我這輩子必將淪為一個庸人的前景，從此對我的事兒不聞不問，我呢，更是年紀輕輕便開始學習著用混吃等死的心態應對生活，並且成效斐然。因為脾氣出奇的隨和，談吐又不令人生厭，我在脂粉堆裡相當如魚得水，很快就交上了固定的和不固定的女朋友。記得第一次和女孩在路燈底下擁吻時，那姑娘突然推開我，認真地問：

「你以前沒和別人這樣過吧？」

我居然無言以對。這讓她失望極了，那副表情簡直像美國宇航員阿姆斯特朗跨出「人類的一大步」後，驀然看到月球上插著蘇聯國旗。再往後我就學精了。當外語系的系花茉莉問出類似的話時，我先考慮了一下自己是否真的愛上了她，得到肯定的答案後，我篤定地說：

「當然沒有，一直守身如玉地等著你吶。」

「騙人吧你？」茉莉既欣喜又羞澀地埋下了頭。啊，原來她們在乎的只是一個態度。

在此情此景中，我會不可遏制地想到陳金芳。這時我陡然意識到，以前把她視為無關緊要的陌路人，這是在騙自己呢。陳金芳變成了我記憶中詭異的存在，她不是我的初戀，卻又恍若初戀，她沒跟我說過幾句完整的話，卻又是我絕無僅有的傾訴對象。這樣的關係，從她第一次站在我窗外聽琴的時候，就埋下了種子。然而現在琴已經被我束之高閣，陳金芳也不知去向了。

週末從大學回家的時候，我曾經專門去過最後一次見到陳金芳的那條街。街道沒怎麼變樣，但服裝店的店門已經緊閉，掛著小孩兒手腕粗的鏈子鎖，張貼著轉租廣告。許福龍倒是又在我們院兒的食堂幹了兩年，陳金芳她姐的餛飩攤兒則因為衛生不達標被取締了。後來，這對夫妻也離開了北京，據說是回老家繼續開飯館了。至此，陳金芳和她的家人像是電線杆子上貼的小廣告，拿高壓水槍一沖，轉眼就不留痕跡。對於北京這座城市而言，這也是大多數外來者的命運吧。

曾經「帶著」陳金芳的豁子，倒是與我有過一次不期而遇。那是在我大學剛剛畢業的二〇〇二年，帕爾曼第二次來華，他先在上海音樂學院開設了為期三週的「音樂大師班」，然後在北京舉辦名為「貝多芬之夜」的專場演出。因為小提琴已經成了我的心病，那次演出我本來不想去聽，但又恰恰因為心病，開演當天，我便開始坐臥不安。躊躇良久，我最終還是坐車趕往人民大會堂。這時票已售罄，各路神仙正飄然入場，一隊蠻橫又神祕的豪華汽車直接堵住了會場入口，穿黑西服的警衛簇擁著一個打扮得像繡球似的胖老太太走出來，並厲聲呵斥記者：

「別瞎拍。」

我在台階下的小廣場上晃悠著，想等黃牛上來搭訕。幾分鐘以後，果然有一個男人湊近過來，像電影裡的特務接頭一般掀開夾克衫的一角：「要票嗎？」

「多少錢？」

「八百。」

「沒那麼多錢。」我說。這是實話，那時候我剛到一家國有事業單位上班，工資少得可憐，幾乎每個月底都得到父母那兒蹭吃蹭喝。

那人轉身就走，同時輕蔑地罵了一句：「操，沒錢到這兒幹嗎來了？」

正是這個「操」，讓我留意起這個在黑暗中面目不清的票販子來。他的上舌音發得很不標準，聽起來好像是漏氣了。我跟上兩步，藉著一輛汽車的燈光，果然看清了豁子門牙上的那個洞。

他也認出了我，愣了一下：「你還好這口兒呢？」

我點點頭，同時恍惚感到自己和他之間還有什麼事兒沒「了」。他不會再續前緣地捅上我一刀吧？豁子卻咧開嘴，近乎燦然地笑了，然後以親熱的口氣跟我談起生意來。他表示，看在「過去在一片兒混」的情分上，可以給五百塊錢把票轉給我。

「這票我弄來也費勁，還得到院裡找人去。」

但這個價格也超過了我的承受能力。我拒絕了他，索然地點上顆菸，望著遠處影影綽綽的人民英雄紀念碑發呆。

又過了一會兒，演出正式開始了，廣場上的人群稀落了許多。豁子兜售了一圈兒，票仍沒出手，便又繞回到我面前：

「一口價，二百。你還能聽上上半場。」

我兜裡的錢恰好還剩二百多。但這時我卻改了主意：「算了。」

「別再往下砍了，這票進價就得二百。」他抬手看了看錶，焦急地說。

我還沒有答覆他，卻望見大會堂的工作人員已經在關閉正門了。十五分鐘的最後入場期限到了，豁子的票徹底砸手裡了。他的兩個嘴角滑稽地撇了下去，既像哭又像笑，但卻什麼也沒說，垂頭喪氣地轉身離開。

我卻追上去，邀請他找地兒喝一杯。豁子詫異了一下，隨後和我乘公車來到西單電報大樓側面的一家酒吧。兩杯啤酒下肚，他的情緒好了起來，話又碎又密。我們聊到了過去「那一片兒」的幾樁神人神事兒，發現共同認識的人還真不少。顯而易見，豁子如今混得不怎麼樣，掏出來的菸已經不是「萬寶路」而是兩塊五的「都寶」了。他在追溯自己當年是如何揮斥方遒時，透出一種滑稽的英雄遲暮的氣息。隨著生活越發光怪陸離，那一代「頑主」的好日子終於過去了。而我則看準時機，把話題引到陳金芳身上。

「當初為了個『婆子』差點兒跟你翻臉……用你們的話說，這就叫老鼠操貓×吧？」

「你跟她很熟？」

「真就是同學，在班上幾乎不說話。你掏刀子的時候我差點兒都尿了。」

豁子爽朗地擺了擺手：「沒必要害怕，其實我也是外強中乾，就想嚇唬嚇唬你……再說後來警察不是來了嗎？」

說到陳金芳的時候，豁子倒是心態平和。他歪著腦袋思考了半天，最後下了這樣一個結論：「這女的，最大的優點就是——活兒好。」

「我沒體驗過……」

「那挺遺憾的。我前面『帶』過她的那幾個人也這麼說。」

至於其他方面，豁子對陳金芳其人的評價基本是負面的。他認為她沒見識、上不了檯面兒，腦子也笨，甚至還不講衛生，「為了把丫身上的泥兒搓乾淨，那陣兒沒少買老絲瓜。」他還後悔拿出本金來讓陳金芳做服裝生意，那買賣看似紅火興旺，實則由於不善經營，很快就賠了個底兒掉。而陳金芳呢，絲毫沒為倆人的生計考慮過，手頭已經很緊了，卻還一個勁兒地逛商場、吃西餐，每逢北京有小劇場話劇、音樂會之類的演出，都會死磨硬泡地讓豁子給她買票。他如今幹的這生計，就是當年趟出來的路子。

「她整個兒一傻逼。剛進城的山炮兒[21]我見多了，但就是沒見過這麼急吼吼地想要變成貴族的。」豁子越說越激動，索性既厭惡又懊惱地罵起街來，「我那時候真是色迷心竅，為了她跟老家兒都鬧掰了，我媽乾脆搬到我舅舅家住著去了……就這樣丫還不知足呢，後來居然偷偷把店裡所有的錢都拿出去，說是想買鋼琴。我實在寒了心了，索性抽了她一頓，讓她滾蛋……你那時候也夠沒眼力見兒的，上來就跟我乍翅子[22]，現在你評評理，那事兒換你你不跟她急？」

我莫名其妙地一激靈：「你說她要買什麼？」

「操，鋼琴。」豁子門牙漏氣兒地說，「她也不知在哪兒認識了個樂團退下來的輔導老師，人家說她手長適合學樂器，她就死活非要買那玩意兒。當時我們剛剛把攤兒盤出去，租了個門臉房，手裡就剩兩萬多塊錢準備到廣東上貨呢。我剛開始也好好勸她來著，我說就算你真喜歡『音藥』你能保證自己變成鋼琴家靠它吃飯麼？頂多是一業餘愛好，想買也得等掙了錢再說呀。可她就是不聽，跟瘋了似的，我把錢鎖抽屜裡她愣拿改錐撬開了……說實話，我到現在都不明白這人腦子裡想的到底是什麼……」

至此，我總算知道了豁子當街暴打陳金芳的前因後果。實話實說，僅論這樁事情，大部分人都能體會到豁子的委屈和苦衷。他浪子回頭，對陳金芳仁至義盡，這樣的故事簡直像是從九十年代的香港爛片兒裡扒出來的——可惜遇人不淑，滿腔熱血奉獻給了一條慾壑難填的白眼兒狼。但再想到陳金芳，我固然不能否認虛榮、膚淺這些基於公序良俗的判斷，但仍然感到了一股難以言明的悲涼。她曾經像孤魂野鬼一樣站在我窗外聽琴，好不容易留在了北京，卻又因為一架鋼琴重新變成了孤魂野鬼。滑稽的是，力勸陳金芳買鋼琴的那位「輔導老師」，我也是認識的。那人水平其實還算可以，給不少小有名氣的美聲歌手當過伴奏，只不過說話辦事完全像個神棍。他有個副業，是充當一家日本琴行的「顧問」，說白了就是推銷雅馬哈鋼琴，為了那點兒提成，每當遇上傻乎乎的婦女兒童，他都會摩挲著人家的手驚嘆：

「這跨度，這力度，不彈鋼琴就是暴殄天物。」

我自然還聯想到了自己學習音樂的經歷。與陳金芳相反，我自打懂事兒伊始，就被家人往脖子上按了一把昂貴的小提琴。我沒有過選擇愛好的權力，因此感受到了和陳金芳相同的、孤魂野鬼一般的寂寥。最戲劇性的，莫過於我們倆人的結局：無論幸運與否，到頭來都與音樂無緣。這麼想來，當年我們那演奏者和聽眾的關係，又是多麼的虛妄啊，虛妄得根本就不應該發

21 山炮兒：土包子，鄉下人。

22 乍翅子：挑釁，不服氣。

生才好。

我那天晚上喝得酩酊大醉，自己的錢花光了，又揪著豁子的脖領子，搶了他的錢包繼續買酒。豁子也喝高了，他嘴裡吹著哨兒，把作廢的帕爾曼音樂會門票掏出來，用打火機點著，和我對火兒抽了顆菸。火苗把酒吧老闆嚇了一跳，他果斷地把我們轟了出去。出了門，豁子猶在摟著我的肩膀抒情，含混不清地說「你這個朋友我交晚了」，我則把他甩在馬路牙子上，頭也不回地走了。

自從那次見過豁子，陳金芳在我的生活中便徹底斷了音信。我到底沒弄清她去了哪兒，也不再關心她去了哪兒。沒想到，當我把她遺忘之後，陳金芳卻又回來了。

5

在帕爾曼第三次來華的音樂會上偶遇後，我和陳金芳並沒有馬上建立起聯繫來。原因很簡單，我本人陷入了前所未有的意志消沉。我離婚了。

離婚的責任當然在我，對於這一點，我從不諱言。經過多年的自我培養，我終於變成了一個徹頭徹尾的混子。大學湊合著畢業以後，我父母最後對我盡了一次心，把我塞進了一家旱澇保收的國家單位，但只幹了一年多，我就辭了職。打著「獻身藝術」的旗號，我一邊寫著電影評論，一邊做起了小劇場戲劇策劃。在文化產業虛假繁榮的大背景下，我的幾個創意還真被搬上了舞台，但很快，我就發現自己不是那塊料。更要命的是，我跟幾個編劇導演合股創辦的那家皮包公司轉眼就真的只剩了一只皮包，包裡裝著幾部胎死腹中的劇本，此外還有一把欠條和兩張法院傳票。吃完散夥飯，我回到家，醉眼矇矓地問我老婆茉莉：

「你在那個外企到底混得怎麼樣？」

結婚以後，這是我第一次打聽她的收入，聽到的數字差點兒把我鼻子氣歪了——早知道守著這麼個金礦，我還出去瞎折騰什麼呀。進而，我瀟灑地宣布：

「那我可開始吃軟飯了啊。」

茉莉真是個俠骨柔腸的好姑娘。當初要跟我結婚的時候，她們家人就不同意，可她被豬油蒙了心，愣是謊稱懷孕跟我把證兒領了。我辭職「搞文化」那陣，整天跟她雲山霧罩地吹牛，而她卻從來沒跟我說過她早已經被提到了高級職員的位置。這是在照顧我那脆弱的自尊心呢。再後來，我連自尊都不要了，索性賴在家裡吃她的喝她的，她也沒表示過什麼怨言。

「你這個人唯一的缺點，就是太不催人奮進了。」我曾經厚顏無恥地這樣評價她。

她給我的回答則是：「那你呢，如果說還剩一個優點的話，那就是特別惹人心疼。」

我一想，她說的還真對。在我們那不長的婚姻生活中，她一直充當著半個老婆半個媽的角色，從身體到心靈全方位地呵護著我。不過人的忍耐能力終究是有限度的，有一天，她猶豫地告訴我，那家跨國公司把她送進了美國的商學院，畢業之後將轉到洛杉磯去工作。

我嘆了口氣，對她說：「那我就不拖你的後腿了。」

茉莉哭了，執意把存款都留給我。她的錢我本來沒臉再要了，可她卻說：「如果你不要，那就是你甩了我而不是我甩了你了。我是女的，我更需要自尊。」

我只好順坡下驢：「嗯，那我就讓你甩一次吧。」

我那早已像破抹布一樣的自尊，居然賣出了如此豐厚的「包圓價」。離婚的事宜處理得非常快，我把茉莉送到機場，心平氣和地勉勵她：「祖國人民盼著你爭光呢。」而把這事兒通知我父母後，他們的態度居然是基於恨鐵不成鋼的幸災樂禍。

「活該，」我父親痛快地說，「誰跟你過誰受罪，我堅決支持茉莉休了你。要擱三十年前，我還到居委會把你當盲流[23]舉報了呢。」

然後他們就把海南的房子裝修好，到那邊老有所樂去了。所幸，在一片眾叛親離中，和我臭味相投的大學同學b哥收留了我，將我聘為他控股的一份畫報的「文化版副主任」。憑藉這個施捨來的閒職和前老婆留下的積蓄，我的生計總算有了著落，而因為無人約束，我索性過上了晝夜顛倒的放縱生活。那一陣子，我成了好幾個糜爛圈子裡的「常委」，哪怕不是圈兒內的飯局，只要能拐彎抹角扯上點兒關係我也踴躍參加——坐下就開始灌自己，喝好了便天南海北地插科打諢。久而久之，我落下了個「散仙兒」的稱號，半熟不熟的酒肉朋友如同過江之鯽。付出了酒精肝和大腦輕度缺氧的代價後，我終於成功地克服了那如影隨形、讓人幾乎想要自殺的抑鬱。

二〇一二年剛入冬，一位小有名氣的畫家在「798藝術區」開辦個人展覽，湊了大批閒人前去捧場，也給我打了電話。這人的畫風就像他的經歷一樣複雜多變：最早是宏大題材油畫，入選過好幾個省宣傳部的「重點扶持名單」；後來山東那邊的官場盛行拿國畫送禮，他就現學了半年「大寫意」，牡丹花倒也畫得雍容富貴；這兩年大量游資湧向當代藝術領域，他又筆鋒一轉，創立了「立體現實主義的政治波普」這個流派——代表作是髮廊小姐光著屁股學理論，點睛之筆在於畫中人的陰毛不是畫的，而是不知從哪兒找了一撮真毛黏上去的。

「芬蘭伏特加管夠，糊弄完那幫人傻錢多的老帽兒，咱們在院子裡銅鍋涮鮑魚。」畫家熱誠地攛掇我。

我打了個哈哈：「就怕喝高了被你雁過拔毛。」

23 盲流：居無定所的流民。

「放心，有女眷就不會用臭男人的毛。我可是如假包換的現實主義畫家。」
我粗野地與其對笑，掛了電話出門。天色陰沉，太陽在雞蛋殼似的雲層後面透出些微光來，半空中飄灑著零零星星的雪花。車開到東四環上，恰好碰上某國主子攜娘娘訪華，警察封路造成了大範圍擁堵，當我好容易蹭到畫展現場，那個廢棄廠房裡已經擠滿了禿子、大鬍子和冷天裡渾不吝地穿著旗袍的女人，眾人像反芻的偶蹄科動物一樣來回踱步，煞有介事地交頭接耳。
「盛況空前吧？」畫家躊躇滿志地摟著我的肩膀，給了我一個俄羅斯式的熊抱。
「嗯，大家裝×都裝得很在狀態，就不需要我再煽風點火了。」
「報導也不用你寫，美院倆學生會把通稿發給你。」他塞給我一只酒杯，把我引到休息區：「留點兒量別喝高了，一會兒還有幾位有分量的人要來呢。」
我靠在沙發上，和幾個點頭之交的「畫評家」聊著天，不知不覺混到了天黑。這時，展區的普通觀眾已經基本散去，畫家也接受完了採訪，卻仍莊重地站在門口，片刻從外面迎進一小隊人來。
這就是所謂「有分量的人」了。領頭那個我在新聞裡見過，是個什麼協會的副主席，他身後跟著的，則是幾個藝術品投資商和畫廊老闆。在隊尾，我赫然看見了陳金芳。她今天穿著一件純白的雪貂短大衣，頭髮像宋氏三姐妹似的在腦後挽了個鬏兒，正熱絡地和一個核桃般滿臉皺紋的男人聊天。上次開車接她那個小夥子侍立在陳金芳身後，眼饞似的東張西望。

我站起來，對她揚揚手。陳金芳卻對再次偶遇並不吃驚，她對我笑笑，繼續與人說話。畫家忙前忙後地招呼這群人，又開了兩瓶「正宗的波爾多」。看畫的過程中，一旦誰提出什麼問題，他立刻會出現在那人身旁，詳盡地解釋自己的「創作動機」。一時間倒好像在七仙女中使了分身法的猢猻。

要客並不久留，副主席祝賀完畫展圓滿成功，就帶著祕書翩然離去了。投資商們預訂了幾幅並不貴的作品，也集體告辭。只有陳金芳沒走，她說自己公司恰好沒事兒，回去路又堵，索性留下來蹭飯。

畫家豪邁地揮手招呼工作人員：「擺桌，支鍋子。」

晚宴是在廠房一側搭建的玻璃棚子裡召開的，四面都是一片飄飄蕩蕩的雪景，大馬力的空調暖風卻讓女客們脫了外衣，露出白晃晃的膀子，視覺效果相當奇異。有個風雅之士掉書袋，說《儒林外史》裡也有異曲同工的賞雪亭。我端著酒杯坐在一只銅鍋對面，陳金芳也湊了過來。她從包裡拿出化妝鏡，審視了一下自己的容貌，我給她倒了小半杯紅酒。

這時她才跟我說話，上來就是嗔怪：「你怎麼也不跟我聯繫呀。」

「知道你現在是忙人。」

陳金芳嘟著嘴，攥起拳頭打了我一下：「你這人最沒勁了，不就是不愛理我麼。」

看到她跟我一派爛熟的模樣，旁人不免對我有了幾分豔羨。畫家來到我們身後，摟著我們的肩膀往一塊兒擠：「你們以前認識啊？怎麼也不告訴我？」

「……多少年的交情了。」我含糊著搪塞。陳金芳則面無表情地給自己挾著醋拌裙帶菜。

「那我就省事兒了。」畫家用力拍著我說，「替我照顧好她。要是人家有什麼不滿意，我拿你是問。」

話雖這麼說，吃起來之後，畫家還是殷勤得緊，屢次三番繞回來向陳金芳敬酒，並要求她一定要嚐嚐聽音樂長大的雪花肥牛：「嚼沒嚼出勃拉姆斯的味兒？」他的舉動很好理解：即使不是作為席間僅存的「要客」，陳金芳也稱得上在場女性中最出彩的一個了。她不疏不密地笑著，坦然接受主人的恭維，顯得儀態萬方。

我有點兒坐不住了，站起來要給畫家騰地兒：「要不咱倆換換，你坐我這兒？」

陳金芳馬上拽了拽我的袖子：「咱們還有好多話沒說呢。」

對面的兩個人擠兌畫家「不識趣兒」，弄得他有點兒尷尬。陳金芳便主動跟畫家碰了下杯，宣布自己已經跟柏林的一個基金會達成了合作意向，準備把中國「有創造性的」藝術家集體打包，推出去一批，名單上一定會有他的名字；假以時日，海外畫展也是水到渠成的了。畫家正忙不迭地表示自己「也不是那麼在乎虛名」，陳金芳又隨意指了指那個跟著她來的小夥子：「這是胡馬尼，雖然沒上過美院，但是一個挺有才華的民間畫家。現在他在我那兒幫點兒忙，以後還請你多提攜。」

「名字挺有意思，」畫家跟小夥子握手，「異族？」

「不不，藝名。」胡馬尼雙手遞上名片。

他們寒暄的時候，陳金芳又扯著我嘀咕起來：「這人你覺得怎麼樣？」

我瞥了瞥畫家：「你說的是人還是作品？」

「假如把人當成作品包裝一下呢，唬不唬得住人？」

「沒準兒吧……不過像這樣的，宋庄那邊一抓一大把，價錢都比他低。你要真簽了他，最好讓他再多說點兒過激言論，外國人喜歡這個調調。」

「那自然，在國內被禁了才好呢。」陳金芳很內行地與我相視而笑，再往下聊開去，口氣就真像是貼心貼肺的「自己人」了。她說她剛轉行做「藝術品」這個行當，雖然頗受幾個半官方行會頭目的賞識，但畢竟在圈子內人脈還不夠熟。我說可以幫她介紹一些人，提了幾個名字，果然讓她大感興趣。然後她又拉著我去給桌面上的其他人敬酒，倒把胡馬尼撂在了一邊。幾杯下肚，我也孟浪起來，說了幾個半葷不素的笑話，逗得那群人直拍桌子。

一頓飯吃完，已經近夜。雪下得越發大了，外面路燈下的空地亮如白晝。我果然喝多了，不能開車回去。打電話叫代駕，人家嫌天氣不好不願意來。畫家勸我索性在展廳樓上的辦公室湊合一夜算了，陳金芳卻有個提議：她開我的車送我回去，胡馬尼再開著她的車到我家門口接她。我說太麻煩了沒必要，她卻不由分說地從我手裡抓過了車鑰匙。

一行人出門上車。胡馬尼鑽進那輛「英菲尼迪」時，我分明看到他向我投來氣鼓鼓的眼神。這讓我有點兒惴惴的：誰知道那小夥子跟陳金芳是什麼關係呢？每次都看見他們出雙入對的。於是我對陳金芳說：

「不合適吧？那麼使喚人家。」

「你說誰？那孩子？」陳金芳說，「不使喚他使喚誰呀——他以為他是誰呀，一天到晚的不知天高地厚。」

我倒不知道胡馬尼到底怎麼「不知天高地厚」了，但卻明白，就像陳金芳過去的生活我不便再提，她如今的狀況我也沒必要多問。但是不問過去也不問現在，我和陳金芳眼下的這種熟稔，就像是無憑無據的空中樓閣了。我有點索然，把車窗打開條縫，呼吸了兩口新鮮、刺激的空氣。她的技術顯然不大應付得了雪地，再加上我那輛咯吱亂響的雪佛蘭很不好開，因此剛開始並沒什麼話，只是瞪著眼謹慎駕車。但沒過一會兒，車駛上緊急撒了一層化雪劑的環路，陳金芳便開始喋喋不休地獨白起來了。

我很難抓住陳金芳的談話思路，那幾乎就是雜亂無章的囈語，跳躍得堪比風行一時的「意識流寫作」：上一句還在抒發她在事業上的雄心壯志，下一句就開始說她喜歡某家餐廳的裝潢。對我的態度呢，也一會兒是孩子氣的親熱，一會兒又變成混雜著傲慢的滿不在乎了。總之頗讓人有錯亂感。但比之過去，她已經不再是一個內向的人了，而是變得很熱衷於自我表達，並且對自己的生活相當滿意。

就這麼她說我聽，車子開到了公主墳西邊那個大院門口。離婚以後，我就搬回了父母的舊房子。陳金芳說：「你還住這兒？」

「對，沒怎麼離開過。」

她忽然沉默了，門崗放行後緩緩開了進去。老家屬院早已車滿為患，連便道上都停得密密麻麻，我指揮她把車子橫在了一塊斑禿的草地上，然後立起領子，將她送出院門。

走過尚未拆建翻新的食堂時，陳金芳凝望了兩眼，感嘆道：「都多久沒回來了。」這自然讓我想起了她姐和許福龍。然後，她又扭頭往西望去，找了找過去那片衰敗、雜亂的平房，可惜未果——「西平房」在幾年前就被拆除了，如今變成了一棟租給保齡球館和歌舞廳的綜合性建築。

「你可真是錦衣夜行了。」走回院門口，我低頭看著她那亮得奪目的雪貂皮大衣，一半恭維一半取笑地說。

陳金芳一笑：「說得跟我多想顯擺什麼似的。」這時胡馬尼已經把車停在路邊候著了，他正敞著窗子抽菸，也不嫌冷。陳金芳上了車，突然又探出頭來，向我做了個打電話的手勢：「你要不願意找我，我可找你了啊。」

我揮手和她作別，慢慢往回走去。晚上喝的酒有點兒上頭，我的太陽穴一跳一跳地疼，腳踩在積雪上也深一步淺一步的，有兩次險些滑倒。拐到某條岔道上，我猛然看見雪地表面上散落著稀稀拉拉的一串紅色，第一反應居然是血，而且錯亂地以為是陳金芳當年灑在地上的血。這個想法讓我心驚肉跳，幸虧走近了，才看清是一只被扯得稀爛的超市購物袋。誰家狗又撒歡兒了。

6

那次以後，陳金芳果然主動約了我兩次，一次是在東四十條的「大董」烤鴨店設宴為某個剛從國外回來的攝影家接風，另一次則是她公司開辦的新年聚會。在第二個場合上，我說到做到地為她引見了幾個文化口的記者和在繪畫圈子裡「相當有分量」的研究者，也見識了她的公司：

地點在北五環外一個區政府開設的「創業產業園」裡，三層小樓的一層和二層分租給了咖啡館和書店，第三層是通透敞亮的辦公場所。陳金芳在自己房間的牆上掛滿了與各路頭面人物的合影，不知是買來還是別人奉送的畫作與雕像則雜亂無章地擺在外面的大廳裡。一眼就可看出，她的公司還沒有正式運轉開來，地毯和牆面還散發著化學材料的味道。而在這個園子裡，如此這般大大小小的公司起碼不下二十家。

她那兒幹活的人很少，除了永遠在場的胡馬尼，其餘就是兩三個大學還沒畢業的實習生。不過這也符合這種公司的特點：人手並不必多，只要路子夠寬，手頭的現金充裕，便可以游刃有餘地低買高賣。事實上，這也正是陳金芳給人們留下的印象。她與任何人都能自來熟，盤旋之間揮灑自如，儼然「擺開八仙桌，招待十六方」的社交名媛。三言兩語涉及「業務」的時候，她嘴裡蹦出來的不是百八十萬的數目，就是那些如雷貫耳的名號。

「這位女士是什麼來頭，你清楚嗎？」端著高腳杯分頭閒聊時，一個報紙副刊的編輯問我。

「其實真說不上熟，是她非想認識你們，我才招呼你們來的。」我說。

「像她這樣的人，基本上逃不出兩種可能性。」那位編輯沉吟片刻，一副見多識廣的樣子，「一是外地哪個土財主的外室，再不就是領導幹部的家人。這種買賣投資未必小，賺錢卻不見得有保障，有這些資金，開個飯館要穩妥多了，所以一門心思鑽進來的，不少人都是闊小姐開竅子——純圖一樂兒。」

我望了望大廳中央穿著小禮服的陳金芳，饒有興致地問：「那你看她是哪一種呢？」

「都像，也許兩者都是吧。」

我笑了笑，不再多嘴，獨自走向大廳角落裡的那台「山水」音響。音箱上的實木架子裡，豎插著好幾排古典音樂ＣＤ，種類相當之全：莫扎特、貝多芬、門德爾松、西貝柳斯……我挑了張帕爾曼演奏的柴可夫斯基〈ａ小調鋼琴三重奏〉放進唱機。在這個版本中，與他合作的鋼琴家是同樣聲名赫赫的阿什肯納齊。但樂聲剛一傳出來，我便意識到自己的選擇很不妥。那旋律太淒涼了，尤其是小提琴部分，簡直是在眼淚汪汪地哭訴。事實上，這首樂曲是柴可夫斯基為悼念魯賓斯坦而寫的，是一首不遮不掩的輓歌。《日瓦戈醫生》裡也提到了這部三重奏，一曲未了，女主人公拉拉就得知了母親死去的噩耗。

而眼下的場合可是新年聚會呀。滿堂的紅男綠女都被籠罩在一層古怪的氣息裡，兩個敏感的人狐疑地朝我看過來。我慌了下神，趕緊把那張ＣＤ拿出來，隨便換了張維瓦爾第的《四季》。直起腰來，我的眼前炸開一片繁花似錦的視覺效果，陳金芳笑盈盈地站在我面前。

因為興奮，她的臉上直泛紅光：「謝謝你啊。」

我知道，她指的是我帶來的那幾位「有用的人」。方才她與他們應酬得很成功，沒準已經預約下好幾個版面的專訪了。對於一個名大於實的行業而言，「牛皮能吹多大，舞台就有多大」，這是早年成功者的經驗之談。我不好意思地笑笑，謙虛道：「真別客氣，具體哪塊雲彩能下雨，還得看你善不善於挖掘了。」

「沒看出來你成天無所用心的，其實能量還挺大。」陳金芳舉起喝香檳用的鬱金香形杯子，跟我碰了一下，「真是朋友多了路好走，我要是早點兒碰見你就好了。」

我意識到，我們之間的談話正在向特別沒勁的方向發展，便沒接她的茬兒，掏出菸來點上。她卻伸出兩個指頭，輕巧地從我的菸盒裡捏出一顆叼在嘴上，等著我為她點火。

不遠處的胡馬尼又在不滿地盯著我們了，此時他的眼神簡直是凜然而憤怒的，讓人想起剛撒尿畫完地盤就被主人轟出去的小狗。這副模樣反倒激起了我挑釁的欲望，我故作溫存地笑著，響亮地撥開金屬打火機的蓋兒，欠身為陳金芳把菸點上。她輕輕吸了一口，在過濾嘴上留下了鮮紅的唇印。我敢說，她夾著菸橫置於臉頰一側的姿態，多半是從奧黛麗．赫本在《蒂凡尼的早餐》裡那張著名的海報上模仿來的。

「跟你說真的呢，我挺想感謝你一下的。」陳金芳重又開腔，「你眼下缺點兒什麼，不妨告訴我……」

「第一缺德，第二缺性伴侶——忘了告訴你我前一陣剛離婚。」我條件反射似的打斷她，

「頭一樣你幫不上忙，第二樣我不大好意思找你幫忙。咱們畢竟小時候就認識，殺熟的事兒我不愛幹。」

她彷彿被我的流氓口吻小小地驚著了，半張著嘴一愣，但眼裡湧出更多的笑意。隨後，她斟酌著措辭道：「你這是跟我客氣呢吧？我看得出來。雖然我知道跟你說這些挺俗的，但眼下我並不缺錢，而你呢，看起來手頭又不那麼寬裕……」

「真不是客氣。」我索性直抒胸臆，「比起你我肯定是一窮人，可我也沒覺得自己過得有多淒慘。用崔健的話說，『反正不愁吃反正我也不愁穿，反正實在沒地兒住就跟我父母一起住』，比起那些狠撈人間造業錢的主兒，我寧可把自個兒的欲望儘量降得低一點兒，當個無傷大雅的寄生蟲，這也是一個混子、一個犬儒主義者最起碼的道德標準了——我的普通話你聽懂了麼？」

「你這話有點兒偏激。」

「就算是吧……難道你認為我活成這樣兒是通達的結果嗎？」

陳金芳晃了晃手裡的菸，表示不想與我爭辯。但沒過兩秒鐘，她又換上了一副真誠而又單純的表情，對我說：「我真覺得你不再拉琴特別遺憾。」

「沒什麼遺憾的。我在那方面其實沒什麼過人之才，成不了真正的演奏家，頂多就是一『傷仲永』……」

「你又在鑽牛角尖了。」這次，陳金芳打斷了我說，「拉琴就是為了成為演奏家麼？你這麼自詡脫俗的人，怎麼考慮起這件事情又那麼功利。難道你現在不還是喜歡音樂的嗎？音樂完全可以成為你的愛好呀。」

我居然被陳金芳說得啞口無言。這是她頭一次對我使用尖刻的語氣，而說實話，她句句捅在了我的軟肋上。氣氛登時有點兒僵。我捏著行將熄滅的菸頭，佯裝四下找著菸灰缸。她舔了舔嘴唇，往回找補了一句：

「再說了，別人覺得怎麼樣我不管，對於我來說，你已經拉得美極了。」

這話讓我再次恍惚，彷彿回到了從前，她站在窗外聽我拉琴的那個年代。記憶中樹下瘦小的人影，竟然與眼前這個儀態萬方的麗人重合了起來。這時，前幾天宴請過我們的那位畫家湊了過來，熱情地攬住陳金芳的肩膀，說有一件「神祕的禮物」要送給她。

「你猜是什麼？」畫家擠眉弄眼地問陳金芳。

「你還能拿出什麼，無非是一幅畫——她的畫像。」我隨口說。

「跟聰明人混在一塊兒就這點不好。」畫家哈哈大笑，「想賣個關子都那麼難。」

我近乎惡毒地打趣：「也不知道你給她黏了一撮什麼樣的毛。」

那幅畫倒不是畫家獨創的「立體現實主義」，而是傳統的人物靜態油畫——文學雜誌「封二」

上常見的那種風格。畫裡的陳金芳穿了件純白的連衣裙，側坐在帶靠背的木椅子上，背後是一扇陽光傾瀉的落地窗，表情相當恬靜。我認出那背景就是畫家在小湯山附近的畫室。看來這段時間裡，他們也打得火熱。

在眾人的簇擁與恭維下，陳金芳直面畫裡的自己，誇張地拿手捂住兩頰：「你把我畫得太漂亮了。」

「你是批評我畫得不像嘍？」畫家說。

「那怎麼可能。」

「這麼說，你就是承認自己漂亮了。」

其他人也不遑多讓，我帶來的那幾個朋友紛紛發表見解，主題無一例外，都是借畫捧人。最初陳金芳還有點兒不好意思，但聽得多了，便開始兩眼熠熠閃光，渾身上下的每個毛孔都煥發著能量，使她的真人比畫像更加璀璨。

「胡馬尼，你看看人家——還說自己也是畫畫的呢，你畫什麼了？翻來覆去就是你們村兒那兩頭牛。」她還不忘對遠處的胡馬尼撇過去一句。

這時我發現，我和胡馬尼都被甩在人圈兒外面了，我們一個守著音響，一個斜靠吧台，像棋盤上不尷不尬的兩枚孤子。我又觀察了一下那小夥子的臉，居然讀出了類似於忍辱負重的意味。我並不是那種在哪兒都要充當焦點，受不了半點兒冷落的人，但還是對眼下的氣氛感到不舒服。於是我趁沒人留意，到門廊找到自己的大衣，匆匆溜走了。

新年聚會以後，陳金芳有兩個多月沒聯繫我。我想，可能是她覺得我的不辭而別很失禮，或者是對我那天談話時的話裡帶刺兒感到不舒服了吧。如果是前者，我固然承認自己不夠周全，但要是因為後者，我卻不覺得有什麼需要反省的。說真的，身處於如今這樣一個環境、這樣一群人中間，我還認為不能隨時隨地破口大罵是壓抑了自己呢。而這樣的心態，也可被視為自己「仍然年輕」的表現吧。在那個千年極寒的冬季裡，我照常到單位點卯，照常被拉去赴各種各樣的飯局，照常往海南打長途電話「問阿瑪、額娘的安」。我逐漸適應了有序但卻雜亂、熱鬧但卻孤單的離婚生活。

在一些有藝術圈兒朋友到場的飯局，我越來越多地聽到人們提起陳金芳。當然，他們說的那個人名是「陳予倩」。關於她的傳聞正在向離譜的方向發展，有人說她是某個國學兼房中術大師新收的入室女弟子，還有人說她靠和「異見分子」同居，從國外反華組織那兒騙來了大筆經費。根據我和陳金芳的接觸判斷，這些當然都是謠言，但也說明她混得越來越風生水起了。要是再有機會見面，我真應該恭喜她才對。

到了春節臨近時，場面上的事兒就少了下來。我的狐朋狗友不是回了老家，就是陪著親戚準備過年了，只有我因為懶得到海南聽我父母訓話，繼續孤零零地晃蕩著。各個單位還沒正式放假，但北京已成空城，大街上的汽車少得讓人發毛，天空中零星綻放著急不可待的焰火。全球性的經濟衰退已經持續了兩年多，各國股市哀鴻遍野，國內許多產業舉步維艱，儘管政府狠狠地給基建領域打了幾次雞血，但卻不敢再腆著臉顯擺「這邊風景獨好」了。趙本山和他的弟子也宣布不再參加今年的春晚，四面八方的氣氛倒顯得消停了不少。

大年二十八那天晚上，我正給一家報紙趕稿寫著「賀歲檔」的電影評論，突然接到了陳金芳的電話。她問我過年怎麼打算，我說預備了一些速凍餃子。她噗哧一笑，讓我趕緊到民族飯店旁邊的一家老牌韓式料理來：「說得這麼可憐，給你補補油水吧。」

我三筆兩筆敷衍完稿子，開車沿復興路向東，很快找到了那家餐館。讓人意外，陳金芳並不在包間裡，而是一個人坐在大廳中的一張散台後面。她穿了件領口開得很低的洋紅毛衣，薄呢子短大衣搭在旁邊的座椅靠背上，臉似乎瘦了一圈兒，眼睛都被撐大了。

我向她招了招手走過去，問她：「別人還沒到？」

她說：「沒別人，就咱倆。」

我更意外了：「連胡馬尼也不來了？」

「回老家了。」陳金芳不以為然地撇撇眼睛，「再說他又不是我什麼人，幹嗎到哪兒都帶著他啊。」

聽這口氣，她和胡馬尼之間或許有了點兒齟齬。但我知道，這是我沒必要感興趣的事情，就是感興趣也不合適問。於是我坐下來，呷起了大麥茶，陳金芳讓服務員上菜。儘管飯就倆人吃，但她仍然安排得很豐盛，點了大塊牛排、醃牛舌、羊紐約克、鱈魚和肥瘦參半的五花肉。我還多要了兩盤餐前小菜裡的辣椒燒牛肉，並評價說：「跟過去大院兒食堂做的一個味兒。」

我眼花繚亂地看著服務員操練各種兵刃對付爐火上的肉，間或抬頭和陳金芳對視一眼。我發現自己看她時，她也總在看著我。我問她前一陣忙什麼去了，她說就在北京「處理點兒事」，另外還到香港參加了一個規模不大不小的藝術展。「總之忙得馬不停蹄的，剛回來就找你來了。」假如她說的是真的，那麼可以判斷，我上次的不辭而別並沒有得罪她。

「在香港又有不少斬獲吧？」我說。

她彷彿強打起精神，說自己又見到了哪些人：香港電視台一個新聞評論員，說話時假牙總有噴出來的風險；九十年代流竄出去的一個氣功大師，現在還在給人看風水；幾個藝術策展人，其中有一位正忙活著往維多利亞灣裡放一隻巨大的吹氣兒鴨子。她還說自己住的地方就是當年「哥哥」跳樓的那家酒店，時至今日還有不少矯情男女前來燒紙。

隨後，她立刻露出乏味的表情：「也沒什麼大意思。」

她已經下了定論，我也就不好再品頭論足了。我們一邊吃飯，一邊轉而說起家常話題。我問她過年怎麼也不回家，她說沒有回去的必要了，反正家裡也沒人了。我說你姐和你姐夫呢，她隨口說了句「也做買賣呢」，便扯回我的身上，問我為什麼離婚。

「人的忍耐都是有限的，沒跟你說我一直吃著軟飯呢麼？她能堅持這麼久已經難能可貴了。」

「作為朋友，我真替你們可惜。」陳金芳像電視劇裡的女配角那樣貼心而誠懇地說，「而且我覺得錯兒主要在你。人家當初跟你結婚，肯定既不是圖你的財又不是圖你的色，而是真喜歡你這個人——你們是有感情的。」

我說：「你就別往我的傷口上撒鹽啦，我已經對所有熟人都承認自個兒是一渾蛋了。」

「你這樣的男的呀，」她說，「優點在於敢於貶低自己，這顯得很有自知之明，缺點則在於你總是覺得貶低完自己，就有資格去傷害別人了。」

「你讓我無話可說。」我對她的判斷心服口服，並再次驚詫於陳金芳對我這個人的認識程度。那感覺，就好像她跟我共同生活了許多年，而且一直在觀察我，琢磨我。這不由得又讓我想起了當年。難道那隔窗而奏的琴聲在我們之間建立了心有靈犀的默契，使得我本性中的懦弱、卑瑣在這個女人面前暴露無遺？這近乎玄而又玄了，也說明所謂「知音」並非僅限於那些高山流水的典雅情操。

沉默半晌之後，陳金芳又對我提起了那個老話題：「你現在真的不碰琴了麼……哪怕一個人的時候？」

「嗯。」

「聽我一句勸，沒必要跟自己較勁。假如你想通過這種方式來否定自己以前的生活，那麼也只能說明你還沒長大。哪怕沒機會當一個真正的演奏家，那也沒什麼呀，換個角度想，你畢竟掌握了一項特別的手藝，這已經讓你比別人活得豐富多了……我挺羡慕你的。」

這一次談到小提琴的事兒，陳金芳的話沒有激起我的逆反情緒。我掩飾性地笑了笑，但自己明白臉上的效果一定是皮笑肉不笑。好在陳金芳也沒有再接著說下去，而是又把話題轉到了別人身上。她說起那個「立體現實主義」畫家，毫不避諱地痛斥那人「太功利，太庸俗了」，但說到具體的事兒，卻又語焉不詳。據我的猜測，好像是畫家想從她那兒預支一筆錢來租一處更好的畫室，還催她趕緊把國外畫展的場租費交了，然後安排他跑一趟歐洲。

「可是做這些投入之前，我總得先做個評估，搞清楚他有沒有被國外那些人認可的潛質呀。這麼火急火燎的，反而讓我覺得他把我當成冤大頭，只想從我這兒撈一票。」陳金芳皺著眉頭抱怨說。

我跟那畫家也不熟，便和了句稀泥：「你得理解那個歲數人的心態，他們總覺得自己錯失了許多機會，因此想要在各個領域拽住青春的尾巴。」同時，我忽然有點兒納悶：難道陳金芳專門把我約出來，就是為了跟我閒聊天，扯這些不鹹不淡的話題嗎？

這個疑惑在晚飯結束後才被解開。爐火漸漸冷下來，鐵板上滋滋冒泡的油脂凝結成了白色斑塊。我和陳金芳起身出門，來到昏暗高聳的前廳，幾個穿得像韓國電視劇人物的服務員雙手護襠，向我們鞠躬告別口稱「思密達」。我正不熟練地往脖子上捆著圍巾，陳金芳半踮起腳尖幫我繫好，又用戴小羊皮手套的手撫了撫我肩膀上的皺褶，突然道：

「還有個事兒想向你打聽一下……具體說是想找你幫忙。」

「你說。」

「你是不是認識一個叫龔紹烽的商人？」

龔紹烽也就是我大學時期摯友b哥的本名，此人堪稱我們這個時代特有的奇人，身上同時具有猥瑣與超脫、唯利是圖與理想主義等等諸多相互矛盾的品質。上大學的時候，他就一邊眼淚汪汪地給女同學抄錄「妹妹你是水，靜靜地鎮日流」之類的濫情詩歌，一邊為了每天中午多吃二兩排骨把食堂的胖大嬸給搞了；畢業以後他沒找工作，依次幹過書商、倒賣狂犬病疫苗、冒充領導親戚等等勾當，最終靠經營一家把髮廊妹包裝成「性感女主播」的準黃色網站發家致富，而在他窮得到處蹭飯的日子裡，也仍然負擔著河南老家一窩兒窮孩子的學費；現在他的公司養著一群三流女演員和平面模特，但比起跟那些女孩睡覺，他更熱衷於把她們集中到自己的會所裡引吭高歌……而這個名字突然從陳金芳的嘴裡問出來，不免令我猝不及防。

我問她：「你怎麼知道我認識這人的？」

「你上班的那家畫報，幕後的大股東不就是他麼？」陳金芳意味頗深地淡淡一笑。我猜她已經知道了我和b哥的交情，更聯想到她已經把我的「人脈」摸了個底兒掉，不免稍感心慌。

「你找他有事兒？」我說。

「我手裡有筆閒錢，跟他達成了合作的意向，不過還沒最後敲定。」陳金芳說，「你要是跟他說得上話，幫我打探一下他怎麼想的。」

對於她的要求，我的第一反應是畏難和猶豫。在和有錢的朋友們打交道時，我一向有個原則，就是只當幫閒，不做掮客，也即把關係限定在吃吃喝喝、清談務虛的層面，絕不靠給他們搭橋牽線來牟利。這麼做，一來有利於維繫自己那點兒虛幻的尊嚴；二來也是明哲保身——真出了什麼簍子，我可擔不起責任。尤其是b哥，據我所知，他近年來從事的都是些本大利高、遊走於灰色地帶的投機生意，比如充當「標頭」組織人合股買礦之類。而陳金芳能跟他這樣的人搭上，也證實了我先前隱隱的預感：她所涉的「水」相當之深，絕不僅僅是一個在文化圈兒打轉的小富婆。

但也不知怎麼搞的，在陳金芳的注視下，我沒能拒絕她。她的眼裡透出一股不容置疑、勾魂攝魄的光芒來。我不由自主地點點頭。

我的鄭重神態倒逗得陳金芳格格一樂。她立刻輕鬆得像沒事兒人似的，打開「英菲尼迪」的後備廂，從裡面拿出兩瓶洋酒給我：「最好的蘇格蘭單一麥芽，三十年陳釀，我從香港帶回來的。」

「賄賂我？」

「這還叫賄賂啊？我跟你那朋友的事兒要是能成，肯定還會重謝你——我說真的。」

我聳聳肩和她告別。開車回到家之後，我把那兩瓶酒開了一瓶，端著方杯坐在沙發上出神。酒的味道的確醇厚、清澈，但度數也高，不知不覺間就讓我醺醺然了。我漂浮在麻木的潛意識中，產生了不知今夕是何夕之感，並抬頭看向衣櫃頂上那早已束之高閣的小提琴。有多少年沒摸過它了？伴隨著這個想法，我站起來，踉蹌著走過去，踮起腳尖摸向烏黑的木製琴匣。但剛碰到琴匣的把手，我就像挨了燙一樣把手縮了回來，一聲嘆息地把自己拍到床上。

7

第二天醒來時，我看見幾隻手指上沾滿了灰，連床單都蹭髒了。

過了半個多月，春節假期結束，北京重新熱鬧了起來。一些朋友過完年就突然消失了，把以前的債主和「情兒」們坑得叫苦不迭，另一些人則像悶熱天氣的蘑菇一樣冒了出來，精神百倍地四處趟路子。對於我來說，生活基本照舊，只是心態越來越疲沓了。機票便宜下來之後，我到海口看了一下父母，順便彎到三亞會了會仍在貓冬度假的b哥。他弄了輛敞篷車，又叫上倆野模，帶我去大東海下了兩天餃子，然後去牛嶺隧道以北的一個鎮上吃「肥得把殼兒都撐裂了」的和樂蟹。在此期間，他還用電話遙控著北京和南方兩個城市的生意，時而與人稱兄道弟，時而破口大罵，盡說些我不懂的黑話。

折騰了兩天，我們都因為攝取了過多的蛋白質而消化不良，便又回到了海灘上，臭屁滾滾地晒太陽。附近有出租四輪沙灘摩托車的，兩個野模跨上一輛，叫囂隳突地馳騁，渾身的蒜瓣肉波光粼粼。b哥躺在長椅上，以極度猥褻的眼神打量她們，一隻手伸到褲襠裡撓癢癢。

總算有了單獨聊天的機會，我便跟他提起了陳金芳的事兒。

b哥壞笑著打岔：「你跟她很熟？又找到新的軟飯了？」但還不容我辯解，他突然顯露出商人特有的狡黠和謹慎，反而向我盤問起陳金芳的底細來。

他這一問，我倒含糊了。雖然圈子裡都把我和陳金芳看成交情深厚的「自己人」，但我知道，自己對她遠談不上知根知底。舉個最簡單的例子，我一直搞不清楚她的錢是從哪兒來的——

她不像正經做過買賣的人，也沒有傍上了哪個財大氣粗的「瘟生」的跡象。假如以前不認識她也就罷了，但恰恰見證過陳金芳那寒酸窘迫的少年時代，她的發跡對我來說益發成了一個謎。

我只好向b哥粗略介紹了陳金芳目前的狀態——當然是我了解的那部分。聽到她是做藝術投資的時，b哥眉毛一揚，眼裡透出兩點賊光。像他這樣的人，自然不會對藝術真有什麼興趣，不過開畫廊、辦展覽倒是個洗錢的好渠道。我說完以後，b哥也和我交換了一下對陳金芳的印象：

「這女的我以前根本沒聽說過，是兩個做『老鼠倉』[24]的操盤手引見過來的。說實話剛一見面，我還真被她的風韻小迷惑了一下，只不過咱們是什麼人啊？平日圈養著那些鶯鶯燕燕，為的就是修練定力，別在正事兒上被荷爾蒙給害了……當然這是題外話了。那些操盤手說她很有道行，一旦看準機會就特別敢下手，建議我讓她在手頭的項目裡加一磅，畢竟現金越多，和政府那邊談判時就越有話語權。我當然不能光聽那些人的，自己也要對合作夥伴進行評估，不過也確實有點兒拿不準她。她在大多數情況下都顯得底氣十足，甚至還有點兒深藏不露的勁兒，但不經意間，又會暴露出新手的弱點來——最主要的表現就是著急。她託你來找我打聽，這就是典型的沉不住氣，甚至讓人猜測她根本沒有宣稱的那麼大財力和門路，只想靠著虛張聲勢在大買賣裡摻和一把，搭個投機取巧的順風車。」

我向來佩服b哥的識人之術。他在那些冷酷的、爾虞我詐的行當裡搏殺多年，眼光自然要比我毒辣得多。不過也得指出，我和他看待人的標準是不一樣的。除了對我這樣的舊故，他對所有人的判斷都是基於「經濟人」的利益標準，我則保持著孩子氣的任性，僅以「有勁」或者「沒勁」來決定是否與人深交。也就是說，即使以同一個人作為話題，我們也說不到一塊兒去。我完成了陳金芳的託付，這就算仁至義盡了。

「總之你看著辦吧。」我站起來抖抖沙子，對野模們揮手，「我就管傳個話兒，你們之間那些具體的勾當，我可管不著。」

我向海灘走去時，b哥在我身後沉吟了一句：「先耗她一陣兒。我過些日子要跑一趟江蘇，回北京再接著跟她往下談。」

又盤桓了兩天，我獨自先回了北京，陳金芳到機場接我。天氣還是料峭的倒春寒，她卻早早穿上了羊絨筒裙，靴子上方露出小巧圓潤的膝蓋。一見面，她就撩開我的外套往裡看看，嗔怪我「一點兒也不知冷知熱」，然後從大號坤包裡掏出一件新買的「杰尼亞」毛衣，不由分說地讓我穿上。

24 老鼠倉：炒股術語。是一種股票經紀對客戶不忠的做法。

回去的路上，她和我擠在後座上不停地說笑，聊著北京這邊朋友們新的趣事兒。透過後視鏡，我看見開車的胡馬尼臉色鐵青，面部肌肉不時神經質地抽搐，簡直讓人想起北野武扮演的那些即將被剁手指的黑幫打手。

接下來的一段日子，陳金芳又開始約我參加各種飯局和聚會，頻率比以前還要高，幾乎是三日一小宴，五日一大宴。如今不僅是我，就連那些真正八面玲瓏的貨色都承認她「的確挺能混的」：同時和好幾條脈絡上的人打得火熱，許多圈子之間原本互相排斥，但提起她卻都頗為認可；不管在哪兒，她一出場就能成為核心人物，幾乎不用搶，風頭就自然而然地轉向她了；在她有意無意搭建的「平台」上，不少素不相識的人成了朋友，甚至原本有罅隙的人也能盡釋前嫌。而這時距離我與陳金芳重逢，也就是半年多的時間呀。能夠開創大好局面，究其原因，除了作為一個單身女人同時具備漂亮、熱情、大方等等優點之外，還有一個關鍵之處，就是她切實地做到了「喜新不厭舊」，不會因為攀了高枝而忽略先前的朋友。哪怕是一直充當「碎催」[25]的胡馬尼和那個見風轉舵的畫家，也和一直享受著元老級別的優待，雖然心有怨言，但有總能通過顯示和她「關係不一般」而在另一些人眼裡抬高身價。總而言之，陳金芳彷彿是在由衷地享受著人的社會屬性，很多時候簡直像個剛愛上幼兒園的孩子——和她相反的則是一些老資格「社會活動家」，那種人貌似人緣很好，但只要一不在場，就會有人將其鄙夷為「勢利眼」。

「小陳這個人交朋友，如同韓信將兵——多多益善。」這是某個上過《百家講壇》的三流大學教授對她的評價。

既讓我虛榮也讓我彆扭的是，她如今對我更親熱了。不光是一同出現時常要挽著我的胳膊，而且還要在大庭廣眾之下和我咬耳朵——明明說的就是不鹹不淡的套話，但非得擺出一副祕而不宣的表情。難道她看不出來，胡馬尼宰了我的心都有了嗎？而那個畫家倒相當「現實主義」地承認了爭寵失敗，許多阿諛的媚態轉而投向了我，並總拐彎抹角地打聽陳金芳準備什麼時候資助他去歐洲辦個展。

「時間不等人，誰知道『政治波普』能流行幾天啊，等到風向一轉，我這幾年的工夫不又白搭了嗎。」畫家焦慮地說，「她這人怎麼這樣，老放空槍也不動真格的……這話我也就跟你說說，別讓她知道啊。」

畫家的悄悄話揭示著這樣一個真理：沒有真金白銀的利益鏈條作為支撐，那些鮮花似錦、烈火烹油的繁華都是他媽的扯淡。他在抓耳撓腮地等著陳金芳表態時，陳金芳一定也在等著b哥那邊的消息呢。誰都有被拿在別人手裡的地方。從海南回來沒兩天，陳金芳曾經包了她公司

25 碎催：僕從，馬仔。

樓下那個咖啡館，叫了一群人來品嘗「不多見的葡萄牙紅酒」，我在席間偷偷把她叫到窗邊的角落，將b哥的態度轉告了她。

「跟那種生意場上的老油條打交道，越急越沒用。」我說，「他既然說了讓你等著，那就說明相當有戲。」

聽了我的話，陳金芳面無表情，甚至連頭也沒點一下，只是抬起手來，抓住我的手腕搖了搖。這樣的舉動她常對我做，但這一次我有明顯的感覺，她格外地用勁兒，細瘦而堅硬的指骨硌得我都疼了。

在此以後，她就再沒跟我提過投資方面的事兒。時間轉眼而過，當那些老單位破敗的大門口掛出「歡度五一」的橫幅時，在南方兜了一大圈兒的b哥回來了。陳金芳不知從哪兒得到了消息，打電話讓我再牽一次線。我正在單位跟電腦下五子棋，順手抓過座機，撥通了b哥的私用手機，把陳金芳的意思說了。

這次b哥沒再多說什麼，只回答了一句「我讓底下人約她」。我立刻又給陳金芳打了過去。這個傳聲筒的任務搞得我挺煩躁，鼠標點錯了地方，轉眼通盤皆輸。

陳金芳那邊顯然很興奮，連呼吸都重了。她又對我說：「這幾天別安排別的事兒了，等他找我的時候，你也一塊兒去吧。」

我一邊退出遊戲一邊說：「你們倆資本家共商大事，非拽著我一流氓無產者幹嗎呀。」

「幫忙幫到底嘛。」陳金芳堅持說，「再說，你也是我們共同的朋友呀。」

我猶豫了一下，但還是拒絕：「還是算了吧……西門慶和潘金蓮搭上以後，王婆就別跟著裹亂了。這點兒眼力見兒我還是有的。」

陳金芳笑了：「再胡唚，看我不撕了你的嘴。」

她說完就掛了電話。照我的理解，無論是她先前說的「一定要重謝我」，還是剛才非要讓我作陪，都是嘴上的客氣話而已。她不想造成把我用完就甩的印象，但事實上，我本來也沒想通過幫她的忙而得到些什麼。出於本能，我甚至不願在這種事情裡攪得太深。

又過了兩天，我剛下班，正打算一個人去隨便吃點兒什麼，陳金芳的電話又打過來了。她讓我火速趕往b哥在東四的四合院。我再次推託，她卻說：

「叫你來，純粹就是為了吃飯。你放心，事兒我們都談完了，再不會麻煩你了。」

一旁的b哥也接過電話幫腔：「談事兒你不來，吃喝玩樂你也不來，這就太不像一個稱職的幫閒了。」沒有辦法，我只好調轉車頭前去赴宴。b哥那個地方很好找，就在團中央下屬的一家出版社附近，是整條胡同裡最具地主老財氣質的宅院：朱門之上常懸著張藝謀風格的大紅燈籠，左右兩邊各立一隻漢白玉獅子。只可惜家裡沒人的時候太多，獅子上已被貼了不少「一針見效，三針痊癒」的小廣告，還有不知誰家孩子稚嫩的書法作品「×××我操你媽」。穿堂過院，隨處可見雕梁畫棟，整套雞翅木圈兒椅散落在樹下任它日晒雨淋，不知從古代哪位顯貴墳上偷來的石碑旁，趴著好幾隻沒屁眼兒的蛤蟆。對於這些荒謬的擺設，b哥自有他的解釋：

「蛤蟆是招財的，這個大家都知道。至於那個碑，我也不嫌它不吉利——雍和宮那邊一瞎子說這宅子過去是一貝勒府，而我祖上貧寒，恐怕鎮不住它，得請進一位有身分的幫忙壓壓場面。」

來到正廳，我看見b哥的某位姨太太正穿著大紅蘇繡旗袍，指揮丫頭老媽子擺酒上菜。陳金芳和b哥也從廂房裡踱了出來，臉上都掛著不甚自然的笑。我故意不提他們買賣上的事兒，見面就說起了廢話，而他們也會了意，笑嘻嘻地東扯西扯。不過從陳金芳那如釋重負的表情看來，她對這次約談的結果很滿意。

她又沒帶胡馬尼一起來，所以偌大的八仙桌旁只坐了四個人。席間，b哥攜其姨太太頻頻舉杯，剛開始還是分別敬我和陳金芳，後來就是同時敬我們兩個人了。那位姨太太腦袋有點兒糊塗，甚至說出了「兩口子敬兩口子」這樣的話，弄得我好不尷尬。後來她到臥房去「補補妝」時，我忍不住刻薄了一句：「沒一對兒是明媒正娶的。」

「我就喜歡你這張缺德的嘴。」b哥已經高了，哈哈大笑地再次舉杯：「那就狗男女敬狗男女好了。」

陳金芳居然面不改色，端起仿古雞缸杯跟我們碰了，優雅地一吸而盡。隨即，我感到自己的胳膊被她狠狠地掐了一下。再往後，她和b哥又不自覺地談起了生意細節，我也被迫聽懂了他們那樁合作的來龍去脈：近些年來，歐洲各國對清潔能源投入很大，造成了我國的地方政府迫切地上馬相關工程，從而也給一些聞風而動的投機分子留下了運作空間；b哥在北京聚攏了一些人的游資（陳金芳也是其中之一），到江蘇控股了一個中等規模的市屬企業，並放出風聲，號稱將其從塑料製品轉型為太陽能光伏產業；他們真實的目的當然不是投產之後出口創匯，而是利用這個噱頭拉到更多的銀行貸款和風險投資，從金融領域套取暴利。聽到這裡，我不由得偷偷瞥了陳金芳一眼。b哥從事的勾當我早有耳聞，而眼看著陳金芳也「玩兒」到了這般境界，還是忍不住讓人瞠目結舌。我對我們民族婦女的判斷，也在她這個活生生的例子身上得到了印證：她們除了特別能吃苦特別能戰鬥這些傳統美德，而且在每個時代、每個環境中都有著極強的適應能力和進取心，只要一有機會，她們必定會勇敢、果斷地站到浪尖兒上。比起她們，大多數男人都應該感到汗顏。

而看著陳金芳那「花媚玉堂人」的樣子，我也不知不覺地陷入了恍惚。在社會上混跡了這麼些年，我曾經見過很多改頭換面的成功者，但他們無論身分、相貌乃至舉止發生了多麼徹底的變化，終歸無法將最初的模樣完全抹掉。舉個最近的例子，就是我對面的b哥。他如今已經貴為生意場上的「大鱷」，但我每次看見他，都會清晰地回憶起當年在大學宿舍裡，他靠玩兒牌作弊騙我香菸的猥瑣模樣。而陳金芳不同。面對著現在的她，我已經無法想起十來年前站在我窗外聽琴的那個女孩了。當年的她仍然在我的記憶裡存在，但現在的她卻獲得了某種決絕的能力，把自己生命中的兩個階段完全割裂了——那類似於動物界的「變態發育」，人們都知道蝴蝶是毛毛蟲破繭而出的結果，但有誰看到花蝴蝶時，第一反應是毛毛蟲帶來的噁心呢？在我的潛意識中，「過去的她」和「如今的她」已經變成了毫無瓜葛的兩個人。當著外人的面，我會叫她的新名字陳予倩，並且叫得越來越自然，根本無須通過「陳金芳」這個舊代號轉譯了。

因為無須和不相干的人敷衍，那天的晚飯大家興致都挺高，喝完一瓶白酒，b哥又叫人開了兩瓶紅酒。不知不覺到了晚上九點多鐘，忽然發生了一個意外事件。院兒外發出一聲悶響，好像有什麼東西碎裂了，接著，一個中年婦女操著字正腔圓的京腔罵起街來。

b哥問是怎麼回事兒，片刻保姆進來回話，說是「咱們的客人」停車時把隔壁大雜院兒門口的鹹菜罈子給撞了。大家跟著b哥踱出門去，只見陳金芳的英菲尼迪斜著停在胡同裡，前保險桿底下散落著一攤亂瓦。在濃郁的鹹菜味兒裡，胡馬尼正笨嘴拙舌地向那婦女解釋著。看起來，他是為了躲避那倆石獅子，才製造了這起小事故。

那中年婦女倒很有不懼權貴的氣節，看到b哥來了，益發跳腳兒亂罵。直到姨太太給她塞了幾百塊錢，她才心滿意足地凱旋。而這時，陳金芳則不好意思地向b哥抱了個歉，然後把胡馬尼叫到幾丈開外的牆根說起話來。

倆人都壓抑著嗓門，因此聲音裡帶了一種緊張感。陳金芳好像在責怪胡馬尼不請自來，胡馬尼卻一反常態地跟她爭辯起來，說的是一嘴湖南土話。話趕話地鏘鏘了幾個來回，陳金芳的聲調高了起來，她指著胡馬尼的鼻子說：「你管得著我嗎？也不看看自己是誰。」

受了呵斥，胡馬尼僵著臉回到車上，咀嚼肌被咬得凸起來一塊。陳金芳則噓了口氣，笑盈盈地回到我們面前，對b哥解釋：「真不好意思給你們添麻煩……這孩子一直跟著我，怕我喝多了回不去，就自作主張接我來了。」

「人家也是好意，精神可嘉。」我在一旁打了個圓場。

b哥就勢宣布晚餐結束：「反正正事兒也談完了，往下咱們都上著點兒心就行了。」

陳金芳鄭重地和b哥握了握手，忽然又湊近我，低聲說了句「我肯定得好好兒謝你」，然後便娉婷地轉身回去，上了胡馬尼的車。他們駛走以後，b哥讓姨太太趕緊泡上茶，要留我再坐一會兒。從正廳轉移到一蓬鬱鬱蔥蔥的葡萄架子底下，我忽然察覺到b哥的臉上變了顏色，不再是一派虛偽的隨和，而是三角眼裡帶著幾分貨真價實的關切了。在這般年紀看到他這副表情，我都有點兒不適應。

他拿出菸來遞給我時，開門見山地來了這麼一句：「你跟那女的什麼打算？」

我一激靈：「你什麼意思？覺得我們倆合夥兒騙你錢嗎？」

「不不不，我說的是你們倆之間的關係。」

我像受了冤枉似的揚聲道：「沒關係呀。你是不是看誰都有姦情啊？」

「我看你對她也挺有感覺的，眼神兒都迷離了。」

「我迷離的時候多了。」我頓了頓，低聲說，「不過眼下的自在來之不易，我才不願意再跟誰『綁定』呢。」

b哥的臉色緩和了一點兒，笑了：「那就好。我就是提醒一下你，哪怕她對你有意思，也別輕易上套，她跟一般人可不一樣。」

我不想問，但又忍不住：「你從她身上看出什麼來了？」

「那當然。下午談生意的時候，我已經把她的道兒給盤出來了。她對我說以前在廣東辦過服裝廠，現在轉到北京做藝術品投資，那些一聽就是假的。她雖然說得天花亂墜，但關鍵性的地方全都含糊其詞，騙騙外行或許可以，在我面前可要不了花槍……不過這也不妨礙我允許她入股手頭兒的這個項目，反正坐莊的是我，想跟進的必須得拿出現錢來。讓我有點兒拿不準的，恰恰是她在這樁買賣上的態度——她的賭性太大了。我已經看出她沒什麼錢了，東拼西湊能拿出來的，統共也就那麼一千來萬，而她竟然想要把這些老本兒全都押進去。你知道，這種投機生意的風險很大，從坐莊的到跟莊的，沒人把身家性命全扔裡面，大家用的都是閒錢。虧了就傷元氣的人，說白了根本不配跟著我們玩兒。我已經提醒過她了，可她堅持要參與進來，這幾乎可以稱為瘋狂了……」

b哥的話讓我倒吸一口涼氣，但我沒再說什麼，醒了醒酒就告辭了。此後的幾天，陳金芳沒再聯繫我，我也儘量不去想她。她是一個突然冒出來的舊相識，跟我談不上什麼真正的交情，我幫過她一點兒忙，但幫過了也就算了。這是我和她之間關係的理性總結。哪怕她一意孤行，我也沒有規勸她的義務，更沒有干涉她的權力。

然而某天在辦公室劃拉著手機玩兒，我卻又鬼使神差地撥通了陳金芳的電話。對方接了之後，首先傳出來的是沸騰一般的嘈雜之聲，遠處還有大喇叭播放著雄壯的音樂。

陳金芳拐到一個安靜點兒的地方，才對著手機喊話：「有事兒嗎？」

「也沒什麼事兒，」我的嗓門也隨之高了起來，「就是問問你和b哥那個事兒進展得怎麼樣了。」

「非常順利，」陳金芳喜氣洋洋地說，「合同早就定下來了。」

她接著告訴我，看在我的面兒上，b哥許諾給她相當高的回報率。眼下，他們這些股東正在江蘇出席和政府的簽約儀式，她剛和一位副省級幹部握過手。我沒想到他們的行動有這麼快，此時再勸她什麼也是白搭的了。於是我簡短地說了些祝賀的話，就要掛電話。

「你放心，該謝的人我一定要謝到。」她叮囑似的說。這話突然讓我覺得非常不舒服。她不會認為我是在討賞吧？

8

後來陳金芳的確「謝」了我。

她是在即將入夏的時候回的北京，此前據說和一起「做項目」的人又跑了趟廣東，還乘著某個低調富豪的遊艇到海上釣了幾天魚。再次見到陳金芳時，她果然黑了一些，肩膀和胳膊被曬成了小麥色。畫家叫上我和另外兩個熟人，在什剎海那邊的一家越南菜館給她接了個風，然後以陳金芳為中心的各種聚會便重新展開了。

假如說新一輪的聲色犬馬比之過去有什麼不同，那就是越來越奢華了。無論是酒的檔次還是菜的品類，都有了大幅度的提升。她曾經把新僑飯店的大廚請到公司裡，現場為大家製作法式鐵板燒，有兩次在「天倫王朝」頂樓餐廳請客的豪闊之舉，更是讓我們這些耍筆桿子的人咋舌。作為聚會的主人，陳金芳依然揮灑自如，在不經意之間，又流露出了比原先更堅實的底氣。和報社領導、畫廊經理這些她本該奉承的人談話時，她依然客氣，不過骨子裡已經有了隱隱的傲慢意味。這些變化都說明b哥那邊的項目進展順利，並且很可能已經讓雪球滾動了起來，股東們開始坐地分贓了。人人都看出陳金芳發了一注橫財。

以前對她頗有怨言的畫家早就轉了口風，即使私下與我聊天時，對陳金芳的溢美之詞也令人肉麻。我聽說他的歐洲畫展已經正式排上了日程，陳金芳還付給他一筆訂金，預訂了他此後五年的全部作品。至於對我，陳金芳仍然是帶著幾分表演性的親暱，倒也看不出和過去有什麼不同。這倒讓我揶揄著猜測：她屢次三番說要「謝我」，該不會也是我們這個圈子裡通行的空頭支票吧？

一個偶然的發現讓我知道自己想錯了。隨著天氣越來越熱，我那輛老舊雪佛蘭頻頻報警，終於在馬路上開了鍋。汽修廠的人告訴我得更換好幾套元件，我只好回家找出工資卡，到附近的自助提款機上取錢。

因為日常開銷靠零七八碎的外快就能應付，那張卡我很少用到，也知道每個月卡裡都不會有多少進項。然而一查餘額，嚇了我一跳：陡然多了一個整數，足頂得上我幾年的工資了。單位的會計自然不會抽風，我不由自主地想到了陳金芳。既然她認識了b哥和給我開過稿費的幾個編輯，弄到我的帳號當然很容易。我又到櫃檯對了下明細，那筆錢果然是在她從廣東回來的第二天打進來的。

在這段時間裡，我們見了好幾次面，她不僅沒跟我提過，就連一點暗示也沒有。這份「感謝」來得既慷慨又得體。然而我沒怎麼思想鬥爭，就做了一個決定。我把那筆錢轉存到另一個摺子裡，前往她公司還給了她。

之所以這麼幹，當然不是因為我有多麼高風亮節。還是我常年堅守的那個原則起了作用，也即：寧當幫閒，不做掮客。我理想中的人生狀態是活得身輕如燕，因而不願與任何人發生實質性的利害關係；我知道我們這個時代的「輝煌事業」是通過怎樣的巧取豪奪來實現的，而自己縱然無恥，卻也還有邁不過去的坎兒。此前幫助陳金芳在她和b哥之間傳話，已經將將突破我的底線了，我不想因為這筆錢徹底改變我這個人。人吶，活了三十多年，得知道點兒好歹。

假如還有其他原因的話，那就要具體到陳金芳這個人了。我尤其無法接受自己和她之間發生現錢交易的勾當。那麼，我究竟想和她成為哪種關係呢……這我倒還沒想好。

當我站在陳金芳面前，把摺子放在辦公桌上時，她抬著頭，直勾勾地凝視著我。我沒說話，她也沒說話，我們大概都在等對方先開口。但這時候胡馬尼突然進來了。自從陳金芳的項目敲定，這小夥子的打扮也越發光鮮了，此刻穿的是新款的迪奧卡腰小西裝，頭上的髮膠抹得狗舔過似的。他沒有好聲氣地跟我打了個招呼，裝模作樣地拿著一份材料，請陳金芳審閱。我手指一滑，將存摺塞到一本畫冊底下，轉身走了出去。

在這以後，陳金芳照常會給我打電話閒聊，我呢，繼續參加她召集的聚會。關於那筆錢，我們都沒再提起過。按照我的想法，她已經盡到了「感謝」之心，可惜我不識抬舉，這事兒也就可以作罷了。然而沒過多久，她便有了新舉動，這個舉動才真正刺激了我。

那是六月中旬的一天，我中午就接到了她的電話，讓我下班後換身正式點兒的衣服，到她公司去吃晚飯。我問她又有什麼裝×盛事，她笑著說自己過生日。

「喲，你今年三十幾了……咱倆是同歲嗎？」

她嬌嗔著抗議：「別說這麼掃興的話行嗎？弄得我都不敢過了。」

「你也不早點兒通知，我都沒時間給你準備禮物。」我說，「只好兩袖清風帶張嘴過去了。」

下班以後，我先回家換了件乾淨襯衫，又想到以陳金芳如今的風格，過生日一定也會搞得煞有介事的，便從櫃子裡找出條西褲穿上。走到復興路上打車之前，我還在大院兒門口的花店買了束花。很快趕到了她公司的樓下，我抬頭望望，卻看見三層的辦公室黑著燈。

一樓咖啡館的落地玻璃窗裡傳出輕輕的敲擊聲，我扭過頭，看見陳金芳正坐在靠窗的座位上呢。她一個人，穿一條很顯身材的黑色長款連衣裙，髖部以下的曲線被包裹得很像一條美人魚。夕陽的光輝以幾乎平行地面的角度投射進去，將她的臉與長長的脖子照得金光璀璨。我拐進咖啡館，把花遞到她手裡。

陳金芳瞇著眼睛端詳了我幾秒鐘，隨後揚手向服務員打了個招呼。兩個小姑娘推著輛餐車過來，將沙拉、蔬菜湯、鵝肝醬配麵包端上桌，冰桶裡還斜插著一瓶香檳酒。

我詫異地環顧四周：「其他人呢？」

「叫其他人幹嗎？就咱倆。」陳金芳說，「平常盡應酬了，這日子口兒還不能圖個清靜。」

「我受寵若驚。」

「別跟我玩兒虛的了。我知道你最不把我當回事兒了，所以我過生日還得討好你。」

我打哈哈地笑了笑，沒再說什麼，開始吃飯。起初的氣氛倒也頗為融洽，我主動舉杯，說了些祝賀的話，她也回敬了我。片刻，主菜端了上來，我們揮舞刀叉，專心致志地對付起了牛排。在這兩相無話的空檔，我忽然感到陳金芳一直在看著我。當然，桌上只有我們兩個人，她也沒別的人可看，但我明顯感到落在自己身上的目光與平日不同。她既像饒有興致地揣摩我，又像暗藏著什麼機鋒。

她在賣著什麼關子？隨後，在我頭腦裡冒出來的居然是一個自作多情的想法：她不會打算向我示愛吧？但我卻並不緊張，只是靜觀其變。而事後想起來，假如那天陳金芳真的如我所想，把我們已然近乎曖昧的關係再向前推進一步，那麼我也不會有後來那些失措的反應。我們都是沒有法定伴侶的成年人，男歡女愛一下沒什麼大不了的。儘管b哥曾經告誡過我「她和一般人不一樣」，但我也並不擔心。這倒不是我自恃聰明，而是因為我預感到，自己即使和陳金芳真發生點兒什麼，充其量也是即興而發的露水姻緣。在那種遊戲裡，誰又能真傷得了誰呢？

但我又一次錯估了陳金芳。直到飯吃完了，她仍然沒什麼話，我只得茫然地抽起了菸。等我把菸掐了，她抬起手腕看看錶，說：「咱們上去吧。」

「還有節目？」我心裡又生出隱隱的遐想來。

陳金芳頷首一笑，翩然走在前面。我跟著她上了三樓，卻發現她公司的燈已經亮了，柔和的橘色的光從磨砂玻璃門裡滲出來。陳金芳拉開門，對我做了個請的手勢。

大廳已被清理乾淨，家具以及那些雕塑畫框都被挪到了牆角。一覽無餘的空間裡站著十幾號紅男綠女，畫家、胡馬尼和我常見的一些人都在場。他們中間圍著的，是六位身穿黑西裝、坐在木椅子上的男人。他們都是洋面孔，兩人手持小提琴，另外四位則是中提琴和大提琴。標準的弦樂六重奏的配備。居中那位那個四十多歲、稍有些禿頂的看起來很面熟，我忽然想起他是一位法國演奏家，前幾天的報紙還報導過他帶隊在國內幾個音樂院校巡迴演出的消息。

「這是馬澤爾．法克先生。」陳金芳介紹說，「剛到北京，我就把他約來了。」

「一聽這名字就有貴族血統。」我恭維著和演奏家握手，有點惶然地退到一邊。

陳金芳對室內樂團點點頭，演出正式開始。曲目是柴可夫斯基的〈佛羅倫薩回憶〉，旋律奔放而纏綿，各聲部之間配合得極其默契，馬澤爾．法克先生的手法更是堪稱精湛。儘管學過十幾年的琴，但我還是第一次在如此近的距離欣賞這麼高水準的演奏。看著人家的運弓和指法，我又一次為當年的自己自慚形穢。與此同時，我的左手指尖也不可遏制地顫抖了起來。

那首曲子很短，不到二十分鐘就結束了。餘音未了，觀眾們便爆發出熱烈的掌聲。比起大劇院裡只能遠觀的交響樂，室內樂雖然單薄，但卻更有現宰現吃的生鮮味兒。畫家尤為激動，一邊鼓掌一邊湊到陳金芳身邊，讚賞她這個點子「太有腔調了」。陳金芳卻沒理會他，徑直從背後繞過室內樂團，對一個翻譯模樣的人耳語了幾句。

翻譯把她的話轉述給了演奏家們。馬澤爾．法克先生忽然看向我，靦腆地笑笑，他身邊那位年輕點兒、一頭捲曲的金髮的演奏家則把手裡的小提琴遞給了我。我下意識地接過琴，愣在當地，疑惑地看向陳金芳。

她熠熠生輝地笑著，對我說：「你不是還沒送我禮物呢嗎？」說完抱起胳膊肘，做出預備聆聽的姿態。

旁邊那些閒人弄懂了她的意思，驚喜地掀起新一輪掌聲。大部分人都不知道我還會拉琴，交頭接耳地議論著，早有兩個人摟著我的肩膀，把我架到室內樂團的成員當中。馬澤爾．法克先生嘰哩咕嚕地對我說了句什麼。

翻譯問我：「還是柴可夫斯基，〈D大調弦樂四重奏〉？」

大提琴和中提琴演奏者裡，已經各有一人將樂器放到了一邊，他們和那位將琴給了我的小提琴手一起走到觀眾群裡。演奏席上只剩下了兩把小提琴，大提琴和中提琴各一把。而馬澤爾．法克先生所提議演奏的那首曲目，幾乎是所有專業學過琴的人都爛熟於心的，它的旋律柔美之至，難度又不大，特別適合即興演奏。當年在金帆樂團的時候，我與人合作演出過這曲子不下十次。

馬澤爾．法克先生對我揚了揚眉毛，率先拿起琴，奏出「如歌的行板」裡的幾個小節。那是柴可夫斯基這首曲子裡最膾炙人口的段落。然後，他用對待孩子的目光啓發性地看著我。

然而我卻仍在發愣。腦子裡亂成一團糟，耳中嗡嗡作響，心臟在胸膛裡咚咚跳動。那一刻，我簡直不知自己身在何方。我感覺到自己正在出冷汗，新換上的襯衫都被浸濕了。

觀眾們又開始議論，他們大概是認為我太久沒拉琴，因為技藝生疏而怯場了吧。陳金芳彷彿也有了一絲緊張，但眼神仍是期待的。

「你過去不是常拉這首……」我聽見她對我說。她唇紅齒白，嘴部動作如同慢鏡頭，一個字一個字地把話釘到了我的耳朵裡。我突然感到意識深處有什麼地方在疼，在流血。我確鑿無疑地受傷了。

接下來，我的舉動在眾人眼裡一定顯得非常決然——把琴放在木椅子上，將他們甩在身後，走出了大廳。一樓的咖啡館裡空無一人，服務員們正靠在吧台上聊天。夜風清涼，從樓梯口直灌進來，但卻沒能讓我醒過神來。我的頭腦就像鍋蓋下的滾水，正在反覆沸騰，但又處在巨大的壓抑之下。背後有人在叫我，當然是陳金芳了。

她的高跟鞋發出咯噔咯噔的迴響，轉眼間把我攔在建築物外的林蔭道上。因為跑得急，陳金芳半張著嘴喘氣，眼神竟然是含情脈脈的。

「你怎麼了？」她問我，同時把手搭在我的胳膊上劃拉著，「我還以為這麼安排會讓你高興呢……我是真心想謝謝你，那不是空話。」

我沒出聲，木然地打量眼前這女人。天上難得有輪大月亮，她在銀光下閃閃發亮，妙相莊嚴，簡直像某種貴金屬雕成的塑像。

見我沒說話，陳金芳便鍥而不捨地安慰著我，語調已經接近呢喃了：「我知道你常年不拉琴，手生了，但這沒什麼要緊的，又沒人會笑話你……再說就算別人不愛聽，我也愛聽，真的。現在也不知怎麼搞的，歲數越大，我就越覺得小時候特別美好。我多想讓過去的情景再重來一遍呀，那樣才算這麼多年的辛苦沒白受……我一直也特別替你可惜……」

她說著，手便慢慢地攀上來，攬住了我的脖子。我不由自主地把頭低下去，再低下去，像尋求保護一般往她懷裡扎過去。我幾乎被她摟在懷裡了，她身上的氣味像潮水一樣湧上來，上面一層是香水味兒和昂貴服裝的布料味兒，下面一層就是陳金芳特有的氣息了。那味道我曾經狠狠地嗅過，歷經歲月竟然沒變。就像她說的，我們多想讓過去的情景再重來一遍啊……

但轉眼之間，我心裡那迷亂的柔情便灰飛煙滅了。我像奮力游水的蝦米一樣直起軀幹，將她的手彈開——這還不夠，我的手也伸了出去，推了她一個踉蹌。

「你有什麼了不起的？」我咬牙切齒地說。

「你說什麼？」陳金芳瞪大眼睛，惶然又委屈地看著我。

「我說——」我心裡充滿把什麼東西碾碎的快意，「你有什麼了不起的？」

她如遭電擊，不認識似的看著我。而這正是我想要的效果。我冷笑了一聲，頭也不回地走了。

對於那天晚上的事情，我毫無悔意。我覺得自己做了一件特別不情願，但又必須去幹的事情。權且抱著自我剖析的態度分析一下失態的原因吧：我感覺受到了莫大的屈辱，與之伴隨的，還有古怪的自我厭惡。把名氣很大的國外樂團請來「唱堂會」，還讓他們給我充當陪練，這樣的手筆不可謂不豪邁。而陳金芳一擲千金，想要製造出怎樣的效果呢？無非是：她以她汪洋恣肆的愛和善良拯救了我——一個消沉的半吊子琴手。這個模式像好萊塢電影一樣俗套，她扮演的簡直是他媽的聖母。她哪裡知道，小提琴演奏對於現在的我來說，已經成了一段發炎的盲腸，只能憑空增加痛感。在我看來，她讓「過去的情景重來一遍」的願望也代表了某一類中國人特有的狂妄：他們自以為吃過苦中苦成了人上人，就有資格操控身邊的一切，甚至敢於讓時間倒流。

不能讓他們如願！我既惡意又理直氣壯地想。與此同時，我突然又想到了我的前老婆茉莉。她當初心甘情願地給我提供軟飯，會不會也是出於某種自我奉獻的表演欲呢？只不過後來她演膩歪[26]了。而我同意跟她離婚，是否並非出於愛，而是出於某種自己當時都沒意識到的恨呢？

這個發現讓我悲哀極了。對於生活，我只剩下了一項權利，那就是破罐子破摔。

從那以後，我就沒有再聯繫過陳金芳，陳金芳也沒有找過我。我們鬧掰了的消息一定很快就在圈子裡傳開了，各路人馬都主動與我疏遠，就連我介紹給她的那些朋友也開始假裝不認識我了。趁此機會，我重新整理了生活，每天準時上班，下班回家自己做飯，有了空暇就用於鍛煉身體和閉門讀書。從華而不實的應酬中脱身之後，我迅速瘦了一圈兒，但人卻變得緊實了，精神也安穩下來。活像個洗盡鉛華的從良妓女。

日子就那麼過去。再次聽到陳金芳的消息，又是半年以後了。

那天晚上十一點多，我已經洗完澡上床，正鍥而不捨地啃著一本艱深晦澀的外國小說，手機突然響了。是那個「立體現實主義」畫家。

「我都睡了。」聽到那個久違的聲音，我有些不知道該怎麼和對方打招呼。

畫家則明顯喝多了，連舌頭都大了一圈。他口齒不清地重複：「就是想跟你聊聊……我就在你家附近呢。」

又威脅我：「你要不出來，我就鑽車輪子底下去。」

我只好披上衣服出門。又是一個冬天來了，長安街沿線路旁那些白楊樹都落盡了葉子，樹梢上卻沉甸甸地聳動著大片黑影，原來是晚上來此棲息的烏鴉。夜風像飛濺而來的冰碴，吹在臉上，似有什麼東西融化。我在翠微商場附近的十字路口找到畫家時，他正抖擻著朝一根電線杆子撒尿。

看到我來，畫家一邊提褲子，一邊淒然地說：「兄弟，我他媽讓人騙了。」

我把他拽到商場一樓夜間營業的麥當勞，要了杯咖啡讓他醒酒。畫家的確沒少喝，屢次三番拿腦袋往塑料桌子上撞，毛衣前襟上掛滿了亮晶晶的口水。旁邊兩個談戀愛的中學生像看戲一樣打量著我們。我有點兒不耐煩，打著哈欠威脅畫家：

26 膩歪：厭煩，不感興趣。

「消停點兒，要不我也管不了你了，只能打電話叫收容所的人。」

「別走別走。」畫家揮舞著雙臂拉住我，適時地停止了借酒撒瘋，然後朝我倒起苦水來。他所說的上當受騙，指的還是陳金芳替他到德國辦畫展的事兒。她吊了畫家一年的胃口，不僅沒有兑現，而且還以「繳納策展擔保費用」為由，把以前付給他的訂金都拿了回去。畫家心裡越來越虛，終於忍不住向陳金芳攤了牌，得到的答覆卻是德國那個基金會倒閉了，合同只能作廢。畫家一氣之下想打官司，卻被工商部門告知那個「藝術品投資公司」的法人不是陳金芳而是胡馬尼，現在胡馬尼已經不知道跑到哪兒去了。

說起來，畫家在這樁買賣裡並沒有吃什麼實質性的虧，他只是感到自己偌大年紀還被人耍得團團轉，很丟面子。而作為一個藝術工作者，這人也挺有自省精神：

「其實也怪我自己，太想在國外折騰出點兒名堂來了，藝術這個行當又沒什麼理性可言……結果糊塗油蒙了心，一點兒也沒防備……」

我心裡疑竇叢生，但嘴上也只能敷衍著勸他：「也沒什麼，您還可以繼續畫，機會別處也有。」

畫家捂住臉：「要是別的地方看得上我，我也不至於被那娘們兒牽著鼻子走……我都這麼大歲數了，估計也不會有什麼起色了。」

然後，他又把手張開，好像對小孩兒做了個「變臉」的遊戲：「還是你聰明。你早就看出她是在招搖撞騙了吧？」

「那倒真沒有……」

「她有沒有管你借錢？聽說她找不少人借過。」

「有人借她嗎？」

「那當然不會了。那幫孫子都比猴兒還精。」

我忽然想到：如果當初沒跟陳金芳斷絕聯繫，畫家會不會把我也看成她的同夥呢？如果是那樣，現在的局面就不是他找我訴苦，而是跟我玩兒命了。我的心裡忽然充滿厭煩，冷冷地對畫家說：

「那你往後也學精點兒唄。」

畫家向我轉述的那些情況，自然讓我聯想到了陳金芳與b哥的合作項目。回到家後，我本想給b哥打個電話，但想了想，還是作罷。沒過兩天，報紙上的新聞就證實了我的猜測。歐盟突然啓動了對我國太陽能產業的「雙返」調查，他們認為中國政府大量補貼某些光伏廠商，以超低價格壟斷市場。歐方揚言對中國產品徵收高額的懲罰性關税，而在這個消息正式公布之前，走漏出來的風聲已經掀起了軒然大波。主要的影響是在金融方面。銀行和風險投資紛紛逃離，許多在建項目所在地的政府也打起了退堂鼓，不久前蜂擁而入的投機分子變成了退潮後晾在沙灘上的魚。

幾天之後，我突然接到了b哥的電話。他嗓音乾啞，說話出乎意料的簡短，只是讓我趕緊到四合院來一趟。一進正廳，我便看到紅木家具都蒙上了厚厚的棉布罩子，b哥正在給保姆和廚子紛發遣散費。他的腳下立著一只巨大的旅行箱。

「看見沒有？哥哥我要跑路了。」b哥不動聲色地說。

「我會幫你照顧姨太太的。」為了緩解壓抑的氣氛，我開了個無聊的玩笑，「回來等著抱兒子吧。」

「丫跑得比我還快呢，早不知道哪兒去了，臨走還順走我好幾樣古玩。」b哥壞笑了一下，「這幫女的就是這樣，平常辦事兒磨磨嘰嘰，大難臨頭各自飛的時候比誰都利索。她哪兒知道，我也想趁機甩了她——我告訴她這次玩兒砸了，傾家蕩產了，沒準兒還得坐牢，其實遠到不了那個地步。江蘇那個項目我只是牽頭，自己根本沒往裡投入多少，玩兒的基本上都是別人的錢，等到風頭過去之後，照樣是一條好漢……」

「那你跑什麼路啊？」

「那幫人玩兒不起啊。我給他們分錢的時候都美著呢，現在虧本兒了，一個個跟死了親媽似的，堵著家門口管我要錢，還有號稱要找人卸我一條腿的……有這麼不講理的人麼？投資有風險入市須謹慎，這話我當初不是沒提醒過他們，是他們非追著我要參股的，這時候翻臉不認人了……」

我木訥地聽他罵著街，明白自己再說什麼都是廢話了。b哥拽起箱子，扔給我兩副鑰匙，「這是我這院子的鑰匙，車你也先開著。隔三差五過來給花兒澆澆水，不怕麻煩就找人保養保養家具——碰上要債的就說我死了。」

我開著b哥的「捷豹」，把他送到了機場。臨下車，他拿出菸來，跟我湊了個火兒，歪著脖子吧嗒吧嗒地抽。

「對了，還沒說你要去哪兒呢。」我問他。

「恕我不能明言——這是原則。跑路就得有個跑路的樣子嘛。」

我遲疑了片刻，終於又開口問：「陳金……哦不陳予倩，她找沒找過你？」

「沒有。項目出事兒以後，她就再沒露過面。」b哥突然嘆了口氣，語調也低沉下來，「假如我沒看錯人的話，她要承擔的後果是最慘痛的。別人拿出來的都是閒錢，只有她，很可能把什麼都壓上了……還是那句話，我們這樣的買賣，本來就不是她能玩兒的。」

我默默地把菸頭扔了，沒接他的話。b哥又說了幾句「等我南霸天回來」之類的豪言壯語，然後就戴上墨鏡，縮頭哈腰地躥下車，很像那麼回事兒地跑路去了。自從機場高速改為單向收費，回城的那個方向總是很堵。還沒到五元橋，車流乾脆就停止不動了，前面的司機紛紛下車，伸著脖子張望著是不是出了事故。我溜了個邊兒，開著「捷豹」從應急車道拐上了一座高架橋。

出了收費站前行幾公里，便看見了熟悉的景色。那片地方恰好是在五環外的「文化創意產業園」附近，陳金芳的公司就在不遠。我恍惚了一下，把車拐進了產業園正門。那棟三層小樓像沒事兒人似的佇立在樹蔭裡，樓上的燈卻全滅了。我停車上樓，不出意料地看見了玻璃門上掛著的鏈子鎖，還有一張簡短的封條。物業公司聲稱，因為陳金芳的公司拖欠租金長達數月，已經收回了房屋的使用權。而就在幾乎一眨眼以前的日子裡，我們曾經在那扇門裡觥籌交錯、裝瘋賣傻、口吐蓮花。那裡面似乎永遠有酒，有音樂，有不知憂愁為何物的紅男綠女。在和陳金芳重逢的一年多裡，我看著她起高樓，看著她宴賓客，看著她樓塌了。

凝視著封條和鏈子鎖，我突然又回憶起了她在豁子的資助下，開過的那間服裝店。雖然陳金芳早已改頭換面，但最近的經歷，只不過是把她的當年又重複了一遍而已。在那個服裝店裡，我曾經狠狠地擁抱過她；在眼前這個公司樓下，我又像渾蛋一樣把她推開了。我曾經從她身上找到過安慰，也曾經把鬱積在心裡的怨氣沒頭沒腦地撒在了她身上。如今，我只能躲著樓下咖啡館服務員狐疑的眼神，在暮色的掩護下匆匆離開。

我最後一次見到陳金芳，是在大約兩個月以後。

那時天已經徹底轉冷，但離過節還有段日子。中國與西方的多項貿易談判還在膠著地進行，毫無進展。受此影響，很多原先呼風喚雨的大人物都破了產。加入跑路隊伍的商人越來越多，b哥仍然不見蹤影。面對經濟領域的困局，國家高層發出了「共度時艱」的號召。

那天我正在辦公室寫稿，手機忽然響了。是個從來沒見過的號碼。我以為是推銷房產或者保險的，便不耐煩地拒接。過了幾分鐘，電話又打了過來。我沒好氣地問：「誰呀？」

「是我。」陳金芳的聲音傳了出來。

我的心往上吊了幾寸：「你……還好吧？」

「不好。」陳金芳停頓了一下，接著說，「我可能快死了。」

「別開玩笑了。」我說。

「真的……我以前騙過你嗎？」陳金芳說，「我現在實在找不著別人了……」

她的口氣讓我不由得恐懼起來。我迅速問了她在哪兒，然後請了個假，開車出門。

陳金芳所說的那個地址，在東四環麥子店附近的一棟筒子樓裡。那兒的房子十分老舊，租住的都是剛來北京不久的年輕人。逼仄的土路兩旁擺滿了小攤，生鏽的自行車橫七豎八地堆放著。離樓門洞還有半里路，b哥那輛「捷豹」車就再也過不去了，我只好步行。上樓梯的時候，我差點兒和兩個香噴噴的姑娘撞了個滿懷，她們翻開二兩重的人造睫毛，用東北話問我「大哥咋不看著點兒呢」。

陳金芳所說的房間在三樓走廊盡頭。我推了推門，門沒鎖，四十瓦燈泡的光亮稀薄地滲透出來。屋裡除了一桌、一床、一張塌陷的沙發，就再也沒有其他家具了。家具上端坐著陳金芳，她腰背挺直，在昏暗的背景中，脖子的曲線像某種水禽般宛轉。

我叫了她一聲，她像睡著了一樣沒吭氣。這時，我才看見她的臉上有大片的青瘀，明顯是被人打的，嘴唇都腫了起來。我還看見了沙發腿之間的那攤積血。血是順著她的左手流下來的，把長筒襪都浸透了，並且還在以肉眼不易察覺的速度蔓延著。

我隨即看見了她腕子上的傷口——半寸來長，下刀想必非常果決，皮肉都被豁開了。而陳金芳這時才意識到我來了，她睜開眼，歉意地對我笑笑。

「本來想自殺來著，不過我沒有自己想像的那麼膽兒大，一看見血就害怕了，不敢死了。」她說，「只好再麻煩你一趟了。」

我心裡翻湧著，說不出話，彎腰一把攬起她。抱著她往外跑的時候，我感到她的體溫比正常人低了許多，但摟在我脖子上的那條胳膊卻還是那麼有勁兒，手隔著外衣，抓得我的肩膀都疼了。跑過樓外那條小道時，熙攘的人群自動散開，人們瞠目結舌地圍觀著。在餘光裡，我看見陳金芳的血不間斷地滴到地上，在堅硬的土路上綻開成一串串微小的紅花。這麼多年過去了，陳金芳仍在用這種方式描繪著這個城市，然而新的痕跡和舊的一樣，轉眼之間就會消失。

我把她送到了最近的一所醫院。過了晚飯時間，醫生終於結束了工作，出來告訴我「搶救基本成功」。又有一個工作人員催促我去補辦住院手續。

等到一切忙完，天已經黑了。我踱進陳金芳的病房。她的臨床是一位在小診所刮宮造成大出血的女中學生，一直在滿嘴髒話地喊疼；而陳金芳則緊閉著雙眼，咬著嘴唇一聲不吭，臉白得幾近透明，連皮膚底下的筋絡都浮現了出來。

但她的聽覺卻變得靈敏多了，迅速從女中學生的叫罵聲中分辨出了我的腳步。她睜大眼睛，側頭朝向我，眼神像錐子一樣。

「謝謝你啊。」

「沒什麼。」我舔了舔嘴唇，忽然脱口而出，「上次那麼對你……實在是對不起。我太不識抬舉了。」

陳金芳笑了一笑，也許是失血過多的緣故，她的臉上出現了許多縱橫發散的皺紋：「你又沒説錯，我是沒什麼了不起的。」

「不不，比起我你已經……」

「當然你也不怎麼樣。咱們半斤八兩吧。」她又接上一句。

我們有氣無力地相視一笑。旁邊那個女中學生的聲音又高亢了起來：

「我操你媽的。

我操你媽的。

我操你媽的。」

我在醫院的走廊守了一夜。第二天，醫生說陳金芳的情況已經穩定了下來，我才回到單位去上班。這以後的兩天，我每天晚上會到病房看看她，但她大部分時間都在昏睡，醒了也閉著眼睛，彷彿仍在虛弱地苦挨。我自然也不好跟她說什麼。

到了第三天，我才走進病房走廊，就看見長椅上並排坐著兩團人——的確是「團」，一男一女，身量都矮而肥胖，穿著鼓鼓囊囊的棉大衣。儘管多年不見，但我立刻反應過來，他們是陳金芳的姐姐和姐夫。

他們的模樣也大變了。許福龍不再是那條精壯有力的漢子，他佝僂著腰，缺了幾顆牙，連嘴唇都癟了進去。陳金芳她姐呢，那對引以為傲的大乳房早就垂到肚皮的位置上去了。他們面無表情，臉上籠罩著髒兮兮的滄桑，一看就是常年都在幹體力活兒。

我在他們面前站住腳，陳金芳她姐半張著嘴，打量了我半天，也沒認出我來。我只好自我介紹是陳金芳的「朋友」。

陳金芳她姐的第一句話就是：「她沒欠你錢吧？」得到否定的回答後，她的表情卻變得惡狠狠的了：「她坑的全是自己人。」接著，這兩口子便圍住我，倒好像我是個能解決問題的大人物，東一嘴西一嘴地痛陳起來。他們的講述解開了我長時間裡對陳金芳的疑惑。

她從來就沒正經八百地有錢過。十多年前離開北京後，陳金芳便南下廣東，先是在服裝廠裡做工，後來又到了深圳。在那幾年裡，她先後和好幾個男人姘居過，一直在嘗試著做買賣，又一直在虧本。每次經營失敗，她都要靠男人去還債或者積累下一輪本錢。「這和賣沒什麼不一樣。」村裡人說。她讓她的家人長期抬不起頭來。但不知從什麼時候開始，陳金芳的形象就變了。她開始開著轎車回老家，有時還帶著一兩個西服革履的合夥人來「考察」。她翻修了老房子，給姐姐姐夫家添置了全套家電，母親過世後還舉辦過十里八鄉最輝煌的葬禮。花出去的可都是真金白銀啊，親戚朋友們又順理成章地對她刮目相看，大家都覺得她如今是一個「能人」了。

幾乎是湊巧，沒過兩年，她的老家掀起了一場浩大的造城運動。經歷了反覆的說服、恐嚇、群毆、威脅自焚，村裡的土地終於被一個工業開發園占用，鄉民們被搬遷上樓，拿到了或多或少的補償款。那些錢卻成了鄉親們新的難題。本地民風勤勉，大家自知不能坐吃山空，但想要做點小買賣，又往往不得要領。有年輕一些的到縣裡去開過雜貨店和錄像廳，很快就鎩羽而歸，還染上了吃喝嫖賭的劣習。這個當口，陳金芳又回來了。她宣稱自己和人在深圳那邊搞項目，大家可以把錢交給她去投資，十五分的高額利息，不出幾年就能翻番。剛開始，人們將信將疑，入股的人不多，只有她姐姐和幾個堂兄弟，交給陳金芳的錢也很有限。但不出半年，返回來的「分紅」就讓越來越多的人動了心。又有人到陳金芳在深圳的公司去打探過，傳回來的信息是她真成了大老闆，辦公室比鎮長的還要大。

「那時候哪知道她是非法集資……現在又被警察定性成詐騙。」陳金芳她姐痴愣愣地陳述道，「她給我們的分紅都是拿自己那份拆遷款墊付的，辦公室也是臨時租的。」接下來，村裡人爭先恐後地到陳金芳那兒去「入股」，連村幹部都加入了進來。有個民辦教師還要求陳金芳把自己的兒子招進公司裡，「學著做點事」——這麼做，當然是有監視她的成分在裡面。有文化的人心眼兒是要多一些。但一個剛從大專畢業的楞頭青又怎麼是陳金芳的對手？沒過兩個月，這個叫胡馬尼的小夥子就被她收攏了過去，成了她的同夥兼新一任姘頭。

陳金芳帶著胡馬尼，又在廣東晃蕩了兩年。他們過得花天酒地，用鄉親們的錢投資過工廠，也炒過股票，但始終沒有折騰出大名堂來，還被更「聰明」的人騙了不少。寄回村裡的紅利不能減少，募集來的本金則日益捉襟見肘。眼看著就要走到絕路，陳金芳決定最後一搏。她改了身分，離開深圳來到北京，一心開拓更「高端」的人脈，做些一本萬利的大買賣。在此之後，她的生活就是我親眼見證的了。她混進了天花亂墜的藝術圈子，又搭上了b哥那樣的專業投機客，貌似有了逆轉局面的機會，但最終徹底崩盤。

陳金芳把事情「搞砸了」以後，胡馬尼突然悔恨萬分，正義感也冒了出來。在藏身的筒子樓裡，他代表全村人民怒斥了這個女騙子，將陳金芳推到沙發上，狠狠地揍了她一頓，然後就浪子回頭地回村報信去了。

陳金芳她姐把話說完，便站起來走到病房門外，透過窗子呆滯地往裡望著。因為身量矮，她需要輪番踮起腳尖，重心一會兒壓在左腳上，一會兒壓在右腳上，好像在跳芭蕾舞。我不知道陳金芳是否也在從裡面看著她。又過了一會兒，警察就來了。兩個老家市局的，一個北京派出所的協辦人員。他們向醫院的人出示文件，說明情況，一個老警察對許福龍吆喝了一聲。然後，陳金芳的姐姐姐夫便走進去，把陳金芳的移動病床推出來，走到走廊門口。那裡停著一輛外地牌照的依維柯警車，還放了一副擔架。

陳金芳被抬上擔架的時候，我意識到告別的時刻到來了，便默默地走了過去，從上往下看著她。陳金芳瞇著眼，彷彿被太陽晃到了。

我偈促了一下，說：「再見。」

「再見。」她的聲音出人意料地清脆，還有種一切都安頓好了的踏實的感覺。

這樣的道別倒也平和，甚至還稱得上有幾分灑脫。然而被抬進依維柯的後備廂時，陳金芳突然欠起身來，直勾勾地盯著我。

「我只是想活得有點兒人樣。」這是她對我說的最後一句話。這話讓我震顫了一下，連車子開走都沒有意識到。等我醒過神來，眼前已經空無一人。我的靈魂彷彿出竅，越升越高，透過重重霧霾俯瞰著我出生、長大、長年混跡的城市。這座城裡，我看到無數豪傑歸於落寞，也看到無數作女變成怨婦。我看到美夢驚醒，也看到青春老去。人們煥發出來的能量無窮無盡，在半空中盤旋，合奏成周而復始的樂章。

地球之眼

1

在我大學時認識的那些狐朋狗友裡，後來混得最差的叫安小男，混得最好的叫李牧光。這本來沒有什麼值得多說的，人嘛，都有混得好的和混得不好的。尤其是如今這個年頭，兩個陣營之間的差距越拉越大，幾乎有變成兩個物種的趨勢了。不過我想指出的是，混得最差的安小男原來可沒有那麼差，相應地，混得最好的李牧光原來也沒有那麼好。他們在學校裡的狀況和後來的境遇恰好相反。當然，這也沒什麼奇怪的。社會嘛，通行的標準肯定不是上學時的那一套，否則「混」這個詞也就沒有那麼準確而傳神了。

那麼我想說的究竟是什麼呢？恐怕是安小男和李牧光之間那段奇特的雇傭關係。

還是先介紹一下安小男。他本來跟我不是一個系的，念的是「電子信息和自動化」，但是宿舍離我很近，就隔著一個水房。對於理科生，我們這些讀文科的往往有一種偏見，認為他們大腦發達但是思維狹隘，生活很沒有情趣。當我們像孔雀開屏一樣每天不知道瞎咋呼些什麼的時候，他們卻在實驗室裡吭嘰吭嘰地埋頭幹活，課餘時間也就是守在電腦前面打遊戲或者下「毛片」。埋頭幹活是為了拿學分，打遊戲是為了放鬆大腦，下載「毛片」是為了在右手的幫助下撫慰肉體，他們所做的一切事情都有著簡單而明確的目的。也就是說，做什麼事情都必須要「有用」，這是他們普遍信奉的生活哲學。然而安小男卻好像和大多數理科生不一樣，他跟我熟起來，恰恰是通過討論一些「沒用」的話題。

當時正是盛夏天氣，學校的考試季快到了，我閒散了一個學期，如今只好捧著複印來的筆記到圖書館裡死記硬背。這種工作是很折磨人的，往往還沒有背上兩條名詞解釋，我就會不停地打哈欠、流眼淚，然後不得不跑到樓下去抽一顆菸。一顆不夠就兩顆，兩顆不夠就三顆，其間還要喝汽水買零食，再瞄兩眼穿得比較暴露的女同學，一個晚上下來，浪費的時間肯定要比背書的時間長得多。有一次正坐在水泥台階上發呆，背後忽然有人叫了我一聲：

「這位同學。」

一回頭，便看見一張又瘦又黃、鬍子拉碴的臉，讓人想起北京人用來搓澡的老絲瓜。我想了想，似乎是在宿舍樓道裡見過這人的，便問他：「有事兒嗎？」

「你是歷史系的吧？」

「是啊，咱們共用一個廁所。」

「你對中國歷史一定很有見解。」

「至今還比較懵懂……期末考試可能會掛。」

他又說：「那麼就是說，你主要在研究中國社會的當下問題嘍？」

我有點兒被搞暈了，但也只好敷衍道：「這就更不是區區不才所能關心的啦。」

這人卻熱情地一拍我的肩膀：「你太謙虛啦——咱們談一談怎麼樣？」

說完就一屁股坐在了我身旁的台階上，瘦膝蓋尖銳地頂到下巴上，臉卻四十五度角上揚，呈現出一副很有情懷的樣子。我更加惶惑了，同時還稍微有了一點不安，不自覺地把身體往另一側挪了挪，問他：「你想談什麼呢？」

「談一談中國的歷史、現狀，以及中國會向何方去？」

「這也太宏大了吧。」

「那麼就談談中國人的道德問題好了。你覺得當前的形勢是不是很嚴峻，我們這個社會的道德體系是不是失效了？」

面對他那誠懇而熱情的目光，我吭嘰了半天，說：「這又太抽象了。就算我想談，你又讓我從何說起呢？」

「怎麼會抽象呢？我的問題非常具體，而且離每個人都並不遙遠。」他說著，突然把手往半空中的某個方位一揚，「比如說那裡，很可能就存在著嚴重的道德缺失。」

我順著他的手，也朝斜上方四十五度角望了過去。我看到遠處的圍牆之外，一幢碉堡般的建築物聳立入雲。那是我們學校的「三產」，一個在中關村乃至全北京都很著名的電腦城，裡面每天川流不息著形形色色的高科技二道販子。而現在已經是晚上八點來鐘，電腦城通體黑黝黝的，只留下頂端的一圈兒航空警示燈正在有規律地明滅著，彷彿這幢大樓正在呼吸。分明是指路明燈，他是怎麼看出道德問題來的呢？

「恕我肉眼凡胎……」

那人一拍膝蓋，「咳」了一聲，語速飛快地對我講解起來：「國家規定，離地高度九十米以上的建築物航空警示燈，其閃光頻率應為每分鐘二十至六十次之間，有效光強不低於一千六百坎德拉——坎德拉也就是一種光學上的計量單位。然而根據我的實地測量，這幢大樓上的警示燈是每四秒鐘才閃爍一次，也就是說每分鐘只有十五次。更危險的是，光強也根本沒有達標，在下雨或者大霧天氣，很難對幾百米上空的飛機起到提示作用。我還查了一下，國內生產信號燈的廠家很多，達到法定標準也並不需要多麼先進的技術，那麼採購的人為什麼非要選擇這種不合格產品呢？這分明就是拿了回扣嘛……這不是腐敗又是什麼？而腐敗的根源難道不是道德敗壞嗎？」

作為一個高中「分科」以後就沒有再翻過物理課本的人，我固然對他的那些技術用語感到糊塗，而好不容易聽明白大概意思之後，糊塗的感覺卻越發加劇了。我仍然想不出來幾盞劣質信號燈有什麼值得大書特書的。說句不好聽的，就是真有一架飛機暈頭轉向地撞上了我們學校的電腦城，那兒離我睡覺的宿舍也還遠著呢。進而，我不得不把眼前這位仁兄歸入了「校園神經病」的行列。在我們這所號稱兼收並蓄的大學裡，這類人還是比較常見的。其中的女神經病症狀倒還溫和，頂多是到比較英俊、比較有風度的老師（比如中文系的一位著名詩人）課上去發發春，當堂朗誦幾首題為「翡冷翠」或者「我底愛人」之類的詩歌什麼的。男神經病就要激烈得多，我在上「中國思想史」這門課的時候，曾經見過一個長相很像弗拉基米爾—伊里奇的「超實用主義民間哲學家」，他提出了一個論調，說的是應該把社會上那些「沒用的人」統統消滅，肉做成罐頭，脂肪用來生產力士香皂，皮拿去做鞋。他宣稱，如果國務院採納了他的建議，那麼中華民族的偉大復興也就指日可待了。然而所謂「校園神經病」大多數是一些半流浪狀態下的旁聽生，還有那些考了幾年研究生都沒考上的落榜者，年齡也都在三四十歲上下，而這人明明是個熱門專業的在校生，他發哪門子神經啊。

更加讓我納悶並且懊惱的是，圖書館門口進進出出這麼多人，他幹嗎非要找我來「談一談」

呢？難道我看起來比別人精神不正常嗎？

於是我截斷了他的話頭：「打住打住，我可沒工夫聽你瞎咧咧。」

「我知道你是個謙虛而低調的人。」他居然露出了委屈的神色，「如果你覺得我的分析不夠深入，沒有觸及本質，你可以反駁我，但不能把我扔下不管呀。我確實很想聽聽你的見解。」

聽起來好像我對他、對中國社會負有多大的責任似的。我差點兒急了：「憑什麼呀？你想跟我聊天我就必須得陪你聊嗎？這不是牛不喝水強按頭嗎？你把我當什麼了？三陪？你給我錢了嗎？」

對於我的一連串問話，眼前這人卻不慌不忙，從隨身攜帶的舊帆布包裡拿出一摞書來。上面的幾本分別是《中國大趨勢》、《中國可以說不》、《中國何以說不》，而壓在底下的那本則名叫《誰敢不讓中國說不》。看到那色調花花綠綠，彷彿剛拍扁了一隻老鼠的圖書封面，我突然傻了眼，又好像明白了什麼。

「這難道不是你的著作嗎？我在樓道裡見過你連夜整理書稿。」

他沒說錯，那本跟風爛書的確出自我手，但這麼說又有點不全面。事實的情況是，我在上個學期想和女朋友郭雨燕去九寨溝旅遊，順便在路上把她給「辦了」，便經人介紹從一個書商那兒領了這個活兒，打算用掙來的錢支付路費、門票和賓館的房費。書裡面的內容全是我到網上扒下來，再胡亂拼貼到一塊兒的，至於署名，我給自己取了個頗有「民國範兒」也頗有自知之明的筆名，叫「老放」——比起「老舍」和「老殘」，我所幹的事兒和通篇放屁也沒什麼區別。順便說一句，這本《誰敢不讓中國說不》剛一上市，雇了我的書商就破產跑路了，說好的報酬也沒給我。又過了沒多久，郭雨燕認為我這個人既無能又言而無信，一怒之下把我給踹了。真是賠了夫人又折兵，還導致我在考試的緊要關頭遭到「熱心讀者」的滋擾，這都是什麼事兒啊。

與此同時，我又想到了前女友郭雨燕那小狐狸般的眉眼和一對大胸，不免感到了真誠的哀傷。我站起來，茫然四望，想找個由頭甩開身邊這人。恰好這時，我的身後又揚起了一個清脆的聲音：

「咦，你怎麼會認識他這種怪胎？」

我再次回頭，看到的卻是我的表妹林琳。她是比我低兩級的數學系學生，長了一張白白嫩嫩的娃娃臉，眼睛又黑又亮，眼窩還有點兒異族風情的凹陷，看起來好像用氣槍「砰砰」兩聲，把兩顆葡萄打進了一坨奶油裡。兄妹兩人都考進了同一所著名的大學，這很可以被傳為一段佳話，也說明我們家族的基因比較優秀——可能主要來源於我姥爺那邊兒，他當過「反動學術權威」嘛。然而我這個表妹自打入校伊始，就對我鼻子不是鼻子眼睛不是眼睛的，幾乎見面如仇人。當然，我也有做得不對的地方，我曾經以林琳為誘餌，勒索那些暗戀她的傻小子們請我泡酒吧、打檯球、到小西天的中影公司放映廳看進口大片，甚至還打算召集全體有姐姐妹妹的男同學，組建一個「換親俱樂部」，把「因為太熟而不能下手的資源」轉化為「可以下手的資源」。林琳在毫不知情的狀態下，已經被我同時許配給七八個人了。

而這時，我的第一反應是，難道林琳也認識這人，並且也認為他是一個怪胎嗎？可再一打量，她說話時的眼神明明是看向我身旁那人的。也就是說，她在向對方宣布我是一個怪胎。我不由得氣哼哼地說：「我好歹也是你哥。」

「狗屁哥。」林琳同樣氣哼哼地說，「攤上你這種哥，我算是倒了血霉啦。」然後忽閃著大眼睛對那人說：「你是安小男吧？我在去年的高數冬令營裡見過你。你解開那道函數方程的思路，我一直都沒有想明白……」

那人卻露出了和剛才的我如出一轍的惶惑，然後又轉換成了乏味。他把我的著作和其他幾本書一起放進包裡，站起來說：「問我也沒用，我也講不明白。你自己查查書去吧。」

說完拍拍屁股就走了。

作為一個長期被本系男生像狗似的圍著「嗅」的漂亮女孩，林琳遭受到這種待遇，恐怕還是破天荒頭一回。我心裡升起了古怪的快意，順便問她這個安小男是什麼來頭，腦子到底有沒有被驢踢過。林琳卻鄙夷地瞥了我一眼，說：「就你，還看不起人家呢？」

據林琳介紹，安小男的確是個「神人」，這裡的「神」是神奇的「神」，而非神神叨叨的「神」。他簡直可以被稱為近幾屆理科生中的傳奇：高中曾經獲得過奧林匹克數學競賽的金牌；從來沒上過高等數學、理論物理的專業課，但考試的時候隨隨便便一寫就是滿分；可以背誦小數點後一千多位的圓周率……他還是個電腦高手，不管多複雜的計算機編程語言，只要看一遍就無師自通。據說電子系的系主任，一位年近七十的老院士曾經摩挲著他的腦袋，篤定地說：

「這裡面裝著半個矽谷！」

這話說得，倒令我感到那位「民間哲學家」的思想應該修正：需要活體利用的其實是安小男這樣的奇才，只要把他的大腦像杏仁豆腐一樣一勺一勺地挖出來，就夠中科院之類的單位忙活上幾十年的了。

林琳又問我：「他找你做什麼？」

我矜持地說：「事實上，他有一些問題向我請教。」

林琳的眼神更加鄙夷了，彷彿在看《圍城》裡自稱「被羅素請教過幾個問題」的野雞哲學家褚慎明。而我也的確疑惑起來：安小男為什麼會對《中國可以說不》、《中國何以說不》以及《誰敢不讓中國說不》這樣的狗屁玩意兒感興趣呢？經過一番思索，我的答案是：這恰恰可能是因為他太聰明了。作為一個不世出的奇才，「自然科學」這個確定性的、答案一望可知的領域令安小男感到了乏味，而「人文思想」的本質則是混亂的、含糊的，想不明白的東西更能容納他那無窮無盡的智力，也就更讓他覺得有意思。就像老鼠特別愛啃桌子腿一樣，是因為桌子腿好吃嗎？不不不，只是由於老鼠的牙齒過於發達。這樣一想，我在感到滑稽的同時，又有了那麼一點肅然起敬。

總而言之，經過那天晚上的一面之交，我和安小男就熟悉了起來。一個樓道裡低頭不見抬頭見，我在此後又被他頻頻騷擾，請教一些歷史學以及有關於「中國社會」的問題。他的請教常常發生在廁所裡，有時我們正在並排尿著，他突然就撇過來一句：

「農耕文明是否終將被海洋文明打敗？」

或者我正在蹲坑，他從隔板外面撇過來一句：「官僚體制是否扼殺了中國社會的創新能力？」

他那虛心向學的態度令我越來越不好意思了，而在這期間，又發生了一個讓人哭笑不得的小插曲：我表妹林琳寫了一封信，逼我轉交給安小男。那封信我毫不猶豫地拆開來偷看了，內容很簡潔，說的是她有幾道數學難題一直沒解開，想請安小男幫她講解一下；還說希望安小男能和她結成「對子」，在晚自習期間一起探討、共同進步。言辭雖然純潔，可是其心昭昭——對於文科生而言，戀愛的發端是借書，對於理科生就變成解習題了。

「你是不是對他有『意思』啦？」我直截了當地問林琳。

林琳還想抵賴：「你管得著嗎？」

「當然要管，狗屁哥也是哥嘛。」我苦口婆心地勸她，「我知道在你看來，安小男有很大的優點，這個優點就是聰明。可是找男朋友又不是數學比賽，聰明不是唯一的標準，否則你直接找台五八六去談情說愛不就得了嗎？對於男朋友，還是需要看看長相，看看性格，看看他有沒有……魅力嘛。」

「可我恰恰覺得他有魅力。」林琳漲紅了臉說，「他那副呆頭呆腦的樣子再配上聰明得冒尖兒的腦袋，讓我覺得帥極了。」

這個小書呆子，對男性的口味也真夠古怪的。我勸她不動，只好冷笑兩聲，抱著看熱鬧的心態把信交給了安小男。而安小男自然是看不出林琳的潛台詞的，他吭嘰了幾聲，極不情願地說：「我是看你的面子才去的。」

當晚他便離開了男生宿舍，到理科樓後面的小自習室去和林琳會面了。這兩個傢伙待在一起會鬧出什麼樣的笑話呢？我躺在下鋪饒有興致地猜測著。到了晚上九點多鐘，安小男回來了，他敲開門告訴我「任務已經完成」，我表妹的數學難題全被他解開了。

「除了數學題，你還解開了別的什麼沒有？」我相當下流地問。

他好像沒聽懂一樣，繼續匯報道：「不過其他的事情，她讓我很為難。」

我更加好奇並且焦急了：「她讓你幹嗎了？」

安小男說：「我們從自習室出來的時候，她突然對我說，大家都是愛學習的人，所以不要在勾勾搭搭上浪費時間，如果我喜歡她，那麼就親她一下好了。」

「你怎麼做的？」

「她把臉一仰，眼睛一閉，我就趁機跑了……這不直接回來了麼。」安小男攤攤手說。

我「咳」了一聲，穿鞋出門往外就跑。安小男居然把一個向他求吻的漂亮女孩孤零零地扔在了大街上，這他媽的是人幹的事兒嗎？好找歹找，我總算在食堂斜對面的冷飲店裡找到了林琳，這時候她已經咕嚕咕嚕地喝下去了三瓶酸奶。好在林琳並沒有因為羞辱而大哭，她只是眼神兒發直地盯著呈等邊三角形排列的瓷瓶，幽幽地說了一句：

「他比我更不願意浪費時間。」

後來林琳就再沒動過談戀愛的念頭，一心念書，考GRE，沒過兩年就出國留學去了。而經過這件事情，我對安小男倒有了點兒模模糊糊的好感，對於他在人文學科方面的興趣，也不得不鄭重對待了起來。為了不至於誤人子弟，我勸他扔掉從地攤兒上買來的「說不」系列，轉而到圖書館裡找幾本「有營養」的書籍進行深入學習，比如湯因比的《湯因比歷史哲學》、斯塔夫利阿諾斯的《全球通史：1500年以後的世界》和費正清的《劍橋中國史》之類的。那些書我只是聽說過卻壓根兒沒看過，但是既然被公認為名著，那麼想來應該是不錯的。況且它們還有一個共同的優點，就是厚，都是能壓彎一根勃起的陽具的大部頭，這有利於更多地消耗安小男的時間和精力，讓他少來煩我。

在這麼做的時候，我本人也承受著一定的思想壓力。我有時會想：我間接地助長了安小男把他那得天獨厚的大腦浪費在「沒有用」的事情上，這會不會導致我們國家錯失一個諾貝爾獎，甚至讓整個兒人類的科技進步都將蒙受巨大的損失呢？再舉個歷史八卦作為例子，抽水馬桶是英國女王伊麗莎白一世的侍臣哈靈頓爵士發明的，但如果女王在當時勒令爵士先生去研究點兒別的，那麼我們今天就還得忍受廁所裡的臭氣熏天。但我也安慰自己：萬一安小男本來會變成一個邪惡的科學家，發明出一種能夠毀滅地球的機器、電磁場或者計算機程序呢？那麼我的所作所為就相當於把全世界人民給救了。

在跟安小男的接觸中，我倒是越來越有科學精神了。

就這樣又熬過了一個學期，暑假來了又走，我們這茬兒學生迎來了大四學年。重新回到學校之後，我特地晝伏夜出了好幾天，為的是躲開安小男。躲他有著另外的原因：按照他的認真勁兒以及智力水平，那幾本大部頭應該全都「啃」完了吧？如果他再來纏著我「談一談」，而我卻一問三不知可怎麼辦？那個人可就丟大了。事實上，隨著閱讀的深入，他上個學期問的那些問題已經讓我越來越頭疼了。身為安小男在人文領域的指路明燈，我既感受到了荒唐的虛榮，又不知不覺地心虛了起來。我擔憂自己這個「偽劣產品」會像電腦城頂端的引航燈一樣，被他有理有據地揭穿。

然而躲是躲不過的，我總得拉屎撒尿嘛。那天晚上十點多，我夾著本書溜出了宿舍，正好在廁所門口撞上了同樣夾著一本書的安小男。只不過我手裡的書是看了第三遍的《笑傲江湖》，而他的則是法國歷史學大師布羅代爾的《十五至十八世紀的物質文明、經濟和資本主義》。狹路相逢，我心下一凜，在那一瞬間多麼希望他考一考我東方不敗的男朋友叫什麼名字，或者華山派共有幾人為了修煉《葵花寶典》而把自己給閹了。

那當然不太可能。安小男的眼神依然熱切，拉住我說：「跟你說個事兒。」

「你問吧。」我又瞥了瞥他的書，心裡絕望地打著鼓。

安小男卻說：「我想從低年級的專業課聽起，把歷史系的所有課程都聽一遍，你說怎麼樣？」

我吃了一驚：「你圖什麼呀？」

「當然是解決問題嘍。」他用食指指了指太陽穴，但那動作卻像是朝著自己的腦袋開了一槍，「你給我推薦的那些書我全讀了……都很好。但是對於我心裡的那些疑問，它們似乎都說了點兒，但又都沒說清楚。再來問你呢，恐怕也不是個事兒。說句不怕得罪你的話，你和我一樣年輕，和你探討一下問題，共同進步是可以的，但要想答疑解惑，恐怕還得求助於教過你的那些老師。他們都是真正的專家，我想我有必要系統地接受一下他們的思想。」

也許安小男已經看出我是個不學無術的混混兒了？他的話讓我一陣失落，同時卻又感到釋然。但隨後，我卻真切地為他擔憂了起來：「可是咱們都已經大四了啊，馬上就要找工作或者考研究生了，哪有時間去聽外系的課呢？況且你還要聽全本兒的。」

「那就申請延期畢業嘛。」安小男揮了揮手說，「實在不行我就轉系，從歷史系的大一開始念起。我查了學校的規定，這在理論上來說是可行的。」

他那既淡然又決然的態度，簡直讓人想起棄醫從文的魯迅先生。也許一個天才的腦袋，就是和我們這樣的俗人不同。但我仍然本著一個俗人的善意，繼續勸解著他：

「這恐怕有些不妥……你應該三思而後行。沒必要為了愛好把專業都扔了啊，那可是你將來吃飯的手藝。」

安小男卻說：「我意已決。」

說完，他就錯開身子走了出去，而我也沒再說些什麼。這一來是因為我感到自己至今仍然缺乏和他這樣一個「神人」溝通的能力，二來則是因為我已經快憋不住了，再廢話褲衩上就要多出一個「柿餅」來了。後來不出我所料，安小男的延期畢業和轉系申請果然鬧出了不小的風波，他本人也成了我們畢業季裡一樁奇聞的主角。

首先是安小男的母親，一個肉聯廠洗腸工，從河北H市趕到了北京。她衝進我們學校的校務辦公室，怒斥有關責任人「沒有抓好學生的思想教育工作」，導致她的兒子眼看就要自毀大好前途，去鑽研「連豬屎都不如的沒用學問」。她質問校方，如果安小男真的轉了系，那麼誰能為他註定窮酸到底的未來負責？又有誰能為一個含辛茹苦的寡婦的晚年生活負責？如果只是學生家長鬧一鬧，那還不算什麼，但是經由這一鬧，安小男的問題就演變成了電子系和歷史系兩個團夥之間的矛盾。沒過幾天，電子系的系主任，曾經斷言安小男的腦袋「裝著半個矽谷」的老院士也向學校施加了壓力。他表示，一般的學生倒也罷了，但是如果把安小男埋進了故紙堆，那實在是一種資源的浪費。老院士的言辭固然委婉，但也使得我所在的歷史系深受侮辱，老師們抗議說，你身為一個知識分子的楷模，怎麼說話的邏輯也像家庭婦女一樣呢？這不還是在說歷史作為一個冷門學問，不如電子、信息、自動化之類的「格致之學」有用嗎？進而不又是在說人文學科的人不如理工科的人有用嗎？你們這些理工科也太欺負人了，蓋大樓你們先蓋，拿項目經費你們比我們多幾十倍上百倍，連買汽車都能從項目裡面報銷，到了這時候還不忘踩我們一腳，讓不讓人活了？

本來是一個學生的一廂情願，只要稍有阻力，那麼說不要也就可以不要的，但是本著不爭饅頭爭口氣的精神，歷史系的老師卻慫恿歷史系的領導，跟電子系「槓」上了。他們向校方遞交了一份意見：學生選擇專業，本是個人自由，又所謂失之東隅，收之桑榆，焉知損失「半個矽谷」，換不來一個范文瀾、陳寅恪或者錢穆？進而又大談歷史學乃至全體人文學科之重要性，並上升到了國家民族的高度。搞文科的人都是善於言辭之士，那份意見寫得冠冕堂皇，讓校方也不好反駁，於是決定破例為安小男舉行一個多方面試，大家來決定一下這個學生到底待在哪個系比較好。

沒承想，那個面試會議又把風波推向了新的高潮。在會上，電子系的班主任先代表老院士發了言，說的還是人盡其才那一套。安小男表情呆滯，無動於衷。接下來，歷史系頗有名氣的商教授便閃亮登了場。我們系的老師裡，能在學校外面混得開的人物不多，這位商教授就是其中之一。他入選了好幾個政府機關的參事，為不少級別相當高的領導幹部寫過講話稿，隔三差五還會在黨報的頭版「刷」上一篇社論；而給他帶來最大名氣的事兒，當然還是登上過央視的《百家講壇》，講的好像是「中國宦官干政考」。大家公推這樣一位人物出面，可見是想先聲奪人，讓對方知道我們歷史系也不全是碌碌鼠輩。

商教授保持著他在電視機裡的一貫做派，先輕輕胡嚕了一下毛澤東風格的大背頭，又抖了抖西門慶風格的「五彩灑線揉頭獅子」對襟唐裝，然後才循循善誘地開了口。他問道：「這位同學，你貴姓？」

「姓安。」

「那麼我可以叫你小安子嗎？」

不得不指出，這話說得實在有些輕佻。而商教授這個人，向來的確是輕佻的。對於輕佻，他還專門發表過一番解釋：既然我們這個社會的風氣，就是把輕佻當有趣，而人在任何時代都在追求有趣，都在儘量活得不那麼沉重，那麼輕佻一下又何妨呢？他還引證說，許多歷史上的名士，譬如阮籍、金聖歎和唐寅，骨子裡都是些輕佻的人。這麼一說，他的輕佻好像就有了傳承與深度。再加上這套做派在電視上和領導幹部的圈子裡都很受歡迎，那麼商教授更可以理直氣壯地插科打諢下去了。

果不其然，商教授一開口，原本凝重、尷尬的會場氣氛登時輕鬆了下來，許多人臉上不知不覺地泛上了一絲笑意。有些人就是有這樣的本領，他們很善於改變周遭的「氣場」。現在，全體教職工都在等著欣賞這位電視名人的表演了。

對於商教授的問話，安小男的反應是愣了幾秒鐘，然後磕磕巴巴地說：「這不妥吧。」過了一會兒又補充道：「您又不是慈禧。」

此言一出，現場的人們就真的忍俊不禁了。不要說學校教務處的領導，就連電子系那兩個滿臉「常量函數」的教師代表都互相看了一眼，嘴裡「噗哧」一聲。本來嘛，地球又不是圍著一個學生轉的，搞得那麼興師動眾幹什麼？而得到了安小男不經意間的「配合」，商教授就更加胸有成竹了，他笑容一斂，將談話引入了正題：

「還是說說你平時都看一些什麼書吧——我指的是在課餘時間裡。」

安小男便將我開給他的書目一一報上名來。要知道，這些書連許多歷史系的研究生都是沒有讀完的，就像很多中文系的研究生卻沒有讀過《紅樓夢》一樣。商教授眼睛一亮，有些驚奇也有些技癢，便當堂考問起安小男的學問來。

一考之下，令人驚奇，安小男對答如流。他不僅能夠把商教授提到的具體章節精確地複述下來，而且對於關鍵的段落還能全文背誦。他原本是木木訥訥的模樣，一談到書本卻像插了電一樣，眼珠子裡往外噴射的全是精光。如果不是商教授及時打住，那麼他可能會孜孜不倦地說下去，直到兩個嘴角下方越積越多的白沫流到脖子裡去。

「大家都看到，情況已經很清楚了。」商教授輕輕地吁了一口氣，轉向了校方代表，「這位小安……同學在歷史方面達到了相當的造詣，雖然他的閱讀稍嫌不成系統，還有點淩亂，但是他對重要著作的熟悉程度已經超出了我的想像。興趣才是最好的老師，我想如果不是對歷史有著濃厚的興趣，他是不可能付出這麼多的時間與精力的。而學校作為一所人才培養機構，為什麼要扼殺學生的興趣呢？這是不負責任的。當然，搞教育的都有愛才之心，電子系諸位同仁的心情，我們歷史系也能理解。不如由我個人來提一個折中的方案：我們給予小安同學電子系和歷史系的雙重學籍，他繼續在電子系讀研究生，同時還可以到歷史系來念本科，由我本人親自擔任輔導老師。現在的大學教育不是提倡打通，提倡跨學科嗎？歷史上那些真正的大師也都是通才：笛卡兒既是一名數學家，同時也是一位哲學家；愛因斯坦發現了相對論，同時也熱衷於演奏小提琴；楊振寧獲得了諾貝爾物理學獎，同時也愛好著古典詩詞以及翁帆女士……」

商教授好不容易正經了片刻，終於又在發言的結尾流於輕佻。但這輕佻卻是恰到好處的輕佻，它讓在座的眾人哄堂一笑，有了皆大歡喜之感。既把安小男的人留在了電子系，又保全了歷史系的面子，多麼完滿。只要這種長袖善舞的人物在場，那麼什麼問題都不是問題。校方的領導們滿意地點了點頭，宣布「再回去研究」，假如對學生好，對學校好，「特事特辦也是可以的」。

大家欠起屁股，已經準備離席了。但沒想到，安小男卻在這時候又開了口。他的話是對商教授說的：「我還沒決定去不去歷史系。」

難道今天的會不是為了你轉系才開的嗎？這時候說這種話，不是消遣人麼。商教授不免一愣：「什麼意思？」

「我是說，在系統學習歷史之前，我想再問您一個問題。」安小男說。

「你也想考考我嗎？」商教授饒有興致地笑了，「一個問題夠嗎？」

「就一個。」

「那你說。」

「歷史到底有什麼用？」

商教授又一愣，但過了半晌，笑容便重新圓熟起來：「歷史當然不如電子有用啦。但是興趣嘛，喜歡嘛，如果再糾纏於有用沒用，是不是有點兒俗了呢？」

「您沒聽懂我的意思，可能我沒表述清楚。」安小男舔了舔嘴唇，直視著商教授說，「研究歷史是否有助於解決中國的當下問題？」

「比如說什麼問題？」

「比如說中國人的道德缺失問題。」

「明史鑑今當然也是一種思路……但是我想，沒必要把歷史學理解得這麼直接吧。」

「可是有些問題明明是繞不過去的。或者我再換一種問法，您對中國社會的腐敗和道德缺失有什麼看法？想過怎麼解決它們嗎？」安小男說。

「這就是另一個問題了。」商教授的眼神便開始迷離了。他一定感到了和我當初一樣的惶惑。

「在我看來，這是一個問題。」

在安小男的鍥而不捨之下，商教授又吁了口氣，看了看與會者中有著領導頭銜的那些人。歷史系的黨委書記還沒有走出門去，據說這人有可能要提成主管文科教學的副校長了。於是商教授陷入了另一種邏輯，這種邏輯就是容不得輕佻，但也容不得過分鄭重的了。

「你可以去看一看上個月《新華文摘》上的一篇文章，是我今年剛寫的，其中也有一部分談到了知識分子應該如何面對今天的現實。」商教授說，「我認為我們應該分清主流和支流，比起繁榮的、蓬勃的歷史主旋律，這樣那樣的問題都是小小不言的。」

「也就是說，可以不關心嗎？」

「我們更應該關心的是主流，或者潛心於自己的專業……」

安小男一字一頓地說：「我認為您很無恥。」

他說話的聲音並不大，但在會場上卻有如炸雷。一些人被定住了，另一些人則逃也似的加快了腳步離開。商教授著實是懵了，他半張著嘴，瞪著安小男，僵在了原地，連話也說不出來。

接著，安小男便抬起了一隻手，手指尖利地指著商教授的鼻子，開始了滔滔不絕的大鳴大放大批判。他質問道，中國社會已經淪落到了怎樣的一個地步，難道您沒有看到嗎？難道您不憂慮嗎？如果是一般的人也就罷了，但您作為一個學者，一個在公共領域擁有話語權的知名人士，居然選擇了鴕鳥策略甚至是睜著眼睛說瞎話，這是何種用心？安小男還說，他之所以對歷史產生了濃厚的興趣，正是由於認為比起中文、哲學和社會學等等其他人文學科，歷史最有希望解決他的「核心問題」，但今天看來他錯了。中國的歷史學家並沒有他所希望的那樣高大，他們歸根結底還是一群「沒用」的傢伙。

誰能想到，安小男的歷史研究之路沿著湯因比、費正清和布羅代爾等等大師繞了一圈兒，又繞回了在那個盛夏之夜和我討論的領域。他揮斥方遒地發表了十來分鐘的演說，直到商教授也面色鐵青地溜走了，會場上空無一人，才喘息著停下來。據說此時的他已是滿臉熱淚，他居然哭了。

毫無疑問，轉系的事兒被徹底搞砸了，而安小男也在文科生之中出了大名。再順便說一句，那位商教授曾經把我們折騰得不善，他自己忙於上電視和走穴[1]，基本上不給學生上課，但到了考試的時候卻擺出鐵面無私的架勢，把題目出得非常難，一定要「掛」掉一批人才過癮；他還把系裡比較漂亮的幾個女生招致麾下，通宵達旦地為他整理新一期《百家講壇》欄目「中國穢亂宮闈考」的講義。基於這個情況，大家雖然認為安小男有可能瘋了，但也不得不感到大快人心。一時間，大家爭相到電子系的宿舍去瞻仰、聲援安小男，每天都有人隔著門簾對他揮揮拳頭：

1　走穴：指演員等文藝文化界名人為了撈外快而私自在外演出。

「幹得漂亮！」

按照眾人的理解，安小男之所以突然發飆，正是因為那個「小安子」的玩笑——那讓他覺得受到了侮辱，進而失去了自控能力。再細一想，他對商教授的指責雖然突兀，但又來得多麼刁鑽，多麼讓對方無所適從。一個研究過西方現代主義思潮的同學闡釋道，按照福柯的理論，瘋子雖然和正常人驢唇不對馬嘴，但是他們的思維其實有著嚴密的內部邏輯，一旦進入那個邏輯，正常人的經驗和智慧便喪失了作用，甚至也有可能會被搞瘋掉。這也是以商教授之機智老辣，卻被一個小毛孩子詰問得張口結舌的原因。

在這種時候，我卻越發感到自己有必要躲開安小男了。作為一個骨子裡很「慫」的人，我對於那些具有狂暴因素的人與事，向來抱以本能的敬而遠之。然而還得怪學校宿舍的布局以及我們排洩系統的生物鐘，躲了一陣，我終於又被安小男堵在了廁所裡。

那是一個清晨，我剛沖完水，正邁著發麻的兩腿從隔扇裡挪出來，正好撞上安小男也站在小便池前。他迅速抖了一抖，提上褲子攔住了我的去路，眼裡滿是悲傷。

我摳了摳眼屎，仍舊不知說什麼才好。安小男卻先開了口：「我想，你應該理解我。」

「理解你什麼？」

「我的初衷並不是想去故意搗亂，更沒有針對商教授個人的意思。」他的一隻嘴角抽搐了兩下，「我很真摯，的確是希望歷史學，希望研究歷史的人能夠幫助我解決困惑。」
「對不起，我們都讓你失望了。」
「怪我，我不該強人所難……我太幼稚了。」
安小男說完，拋下我轉身走了。而我卻沉默地站在原地，生出了一種類似於羞愧的心態。那感覺，就好像急匆匆地方便完了，才發現自己闖進了一間女廁所一樣。

2

相比於安小男，後來混得最好的李牧光雖然和我是一個系的，住得也離我近得不能再近，但我對這個人的印象卻一度是模糊的。這倒不是說他沒有特點，恰恰相反，李牧光正是由於特點太過鮮明了，才導致我最初和他的交流極其有限。

第一次見到他，是在新生入校的時候。因為我屬北京生源[2]，所以不必提前幾天趕過來安家，而是卡在了錄取通知書上規定的最後一天，才背著鋪蓋卷走進了宿舍。當時屋裡看似沒有

2 生源：學生的家庭籍貫。

人，大家或許都去參加「入學教育」了。我草草鋪好了褥子，又到水房涮了涮臉盆，突然瞥到窗台上擺著一只「愛華」牌雙卡收錄機，還是那個年代最新的款式呢。我一時手欠，便按了播放鍵，喇叭裡隨即傳出了鼻音濃重的「牛津腔」英語：

約翰先生，今天的培根煎得怎麼樣？

愛麗絲小姐，我們來跳一曲華爾茲吧。

看來這台收錄機主人還真愛學習。我無言地笑了笑，把機器關了，這時卻聽見一聲呻吟從我床鋪的上方傳來。然後，上鋪的被窩裡鑽出了一個人腦袋：

「哥們兒，幾點了？」

這人一嘴東北腔，同樣也是鼻音濃重。剛才居然沒發現自己的腦袋頂上就躺著一個活人，這讓我先被小小地嚇了一跳，隨後便不好意思起來。人家正在睡覺，我卻在宿舍裡東搞西搞，太不合適了。

我抬手看了看錶：「下午四點多了……吵到你了吧？」

「沒事兒沒事兒。」那人長得倒還周正，是一張東北人裡常見的國字臉，膚色也頗為白嫩，只不過睡得有點兒腫脹了。他把一條光溜溜的胳膊也拔了出來，指了指雙卡收錄機，「你要聽就接著聽，抽屜裡還有磁帶，音樂的也有，相聲小品二人轉的也有。」

看來他是那台機器的主人，我就更不好意思了：「那多吵呀，你怎麼睡覺？」

「我不怕吵，在哪兒都睡得著。」他說完，把身子往被窩裡一蜷。

我看了看他雜草叢生的天靈蓋，又扭臉望了望窗外，輕聲叫他：「那我先出去，你知道別的同學在哪個教室嗎……哥們兒，哥們兒？」

上鋪無聲無息，這人居然一轉眼就又睡著了。

到了晚上，和宿舍裡的其他同學見了面，才知道我上鋪這人名叫李牧光，是從趙本山的故鄉「鐵嶺那旮旯兒」來的。同學們又嘖嘖稱奇地介紹道，自從到校以來，他就一直在睡覺，已經連睡了兩天兩夜了。何以要睡這麼長時間？這時李牧光終於不情願地起了床，他一邊睡眼惺忪地刷著牙，一邊對大家解釋，這是因為報到之前，他們家人帶他到歐洲和澳大利亞玩了一圈兒，偏巧地球又是圓的，縱橫幾萬里，時差把他的生物鐘統統搞亂了，所以需要用睡覺調整過來。這個理由有些牽強，但卻暴露了李牧光的另一個情況，就是他的家庭條件很不錯。我考上大學以後，父母只是給我買了塊手錶，並且還不是瑞士的，而是日本「精工」，就算「以資鼓勵」了；其他兩個來自廣西和貴州的兄弟更慘，拿到錄取通知書之後的第一件事情就是走親串鄰地借債。再瞧瞧人家這日子過的。

一個同學問：「歐洲什麼樣？」

李牧光打了個哈欠說：「上車睡覺，下車拍照，全忘了。」

有一個同學問：「你爸是老闆吧？」

「算不上，也就是給國家打工的。」

說到這兒，李牧光咂吧咂吧嘴，又從櫃子裡拽出一只沉重的紙箱子來。謔，那裡面真是五花八門：真空包裝的醬雞腿、滷牛肉、整隻鴨子，進口蛇果、紅提、山竹和哈密瓜……這些大概是李牧光的父母給他留下來的，難道他們怕兒子吃不飽飯嗎？李牧光嚼了兩塊餅乾，然後又看了看我們，招招手說：

「愣著幹嗎，大夥兒一塊兒唄。」

我們這些沒出息的傢伙便一擁而上，吭哧吭哧地吃了起來。這個聚餐會剛進行到一半，李牧光突然又伸了個懶腰說：「你們慢用，我就不陪了。」說完爬上床，不到半分鐘，又沒聲兒了。

誰也沒見過這麼愛睡覺、這麼能睡覺的人。此後的日子裡，我更加為李牧光在睡眠方面的造詣而驚嘆。每天早晨大家出門去上課，他正在被窩裡酣睡；中午大家回來，他仍在被窩裡酣睡；勉強被我們拽起來，極不情願地到食堂扒拉兩口飯之後，他總算有了一點精神，於是便會在園子裡東逛逛西逛逛，到球場去看人家打會兒籃球，但才過晚飯點兒就又睏了，火急火燎地跑回來睡覺，好像剛上了一個大夜班似的。課他自然是不怎麼上的，不管是本專業還是公共課，考勤表上缺席的紀錄都占了大多數。大二的時候，全體學生被拉出去軍訓，李牧光正在太陽底下站著「軍姿」，突然就像一段枕木一樣拍在地上，不省人事了。教官被嚇了一跳，以為他中暑了，休克了，然而我們幾個同宿舍的人卻一點兒也不著急。我們知道，他只是睡著了。

這基本上就是李牧光大學生活的常態。套用一句偉人的名言來說，一個人能睡覺不難，能天天睡覺也不難，但要是能天天都睡得像李牧光這樣驚世駭俗，那可就難了。日子久了，對於宿舍裡永遠有一個人在睡覺，我們從不適應到適應，又從適應過渡到胡思亂想，甚至還有了一種恐怖的感覺。大家都擔心突然有一天，李牧光會無聲無息地睡死在被窩裡。於是我提議，每天早上出門之前，都要有一個人去探一探他的鼻息，如果不幸真的發生了，那就趕緊通知校醫院的太平間。我們不能允許他臭在屋裡。

這個習慣一直保持到了大學畢業。

我也不免好奇：難道李牧光一直都是這麼嗜睡嗎？假如中學時代也是這麼睡過來的，他又是如何考進我們這所赫赫有名的大學的呢？難不成他像電子系那個傳說中的安小男一樣，也是一個天才型的人物，而學校為了保護天才，才特批了他不需要上課、寫論文，甚至不需要考試嗎？

事實當然並非如此，天才怎麼會像那些抱著小孩賣黃色光盤的婦女一樣，你走到地鐵A口冒出一個，走到地鐵B口又冒出一個。有一次班級聚餐，我們的班主任老師被灌醉了，才吐露了李牧光背後的真相：他父親是東北一家重工業大廠的一把手，專門在廠裡為我們學校設立了一個理工科的「創新基地」，說白了就是贈送一塊地皮，供學校在當地開辦形形色色的收費班，販賣注水文憑；而這麼做的條件，是學校要給李牧光一個免試入學名額，並且保證他順利畢業。換句話說，李牧光雖然不是天才，但是他爸卻是天才——搞錢的天才、搞關係的天才，而那些天才要比智力上的天才更加暢通無阻。

不過這個信息流露出來，我們雖然在理性上感到了不公，但卻對事不對人。再看到李牧光安然高臥的時候，並沒有誰會真正地討厭他。平心而論，李牧光其人除了捨生忘死地愛睡覺之外，身上並沒有一點兒「各色」的、讓人不愉快的東西。他的脾性隨和極了，壓根兒沒顯露出過公子哥兒的驕嬌二氣。有的時候大家閒得無聊，就用報紙捲成小棍，去捅他的鼻子，捅得他噴嚏連天的，但人家卻一點兒也不生氣，打完噴嚏哼哼兩聲「不要搞我，想吃什麼櫃子裡有」，然後就繼續睡過去了。還有一次，我對面床上那位兄弟也不知怎麼弄的，把半壺熱水澆到了李牧光的被子上，他被燙得嗷的一聲坐了起來，愣了片刻，憨笑道：

「我尿炕了嗎？」

除此之外，自然還有物質上的收買。如前所述，李牧光那裝滿了吃食的百寶箱，大家是可以隨意享用的；他那台「愛華」牌雙卡收錄機也早被宿舍裡的兩個英語狂人霸占，練聽力用了。

世紀之交，個人電腦在學生中間普及了起來，別的宿舍都是大家湊錢集體購買，還有為了你掏多點我掏少點而打架的，李牧光卻大手筆地一人買了兩台，一台廂式機，一台筆記本。這兩台電腦，他這個長睡不醒的人幾乎從來沒有摸過，而我們卻可以用台式機打遊戲時用筆記本下「毛片」，或者用筆記本打遊戲時用台式機下「毛片」。

說來也慚愧，我吃著李牧光的，用著李牧光的，心裡還不止一次地嘲弄和詆毀過李牧光，但整整四年，我卻從來沒跟這個人進行過深入的交談，更別提交心了。我對他說過的話，僅限於「你果然還在睡」「你居然也會醒」和「給我用」「給我吃」這樣的層面，而他的回答則基本上是「哦」「嗯」「好」以及無聲無息。我毫不懷疑，只要大學一畢業，我就會把李牧光給忘了，就像他同樣會在睡夢中把我也給忘了。然而臨到畢業時的一件事，卻使得李牧光認定我是他「最好的朋友」，而交到我這樣一個朋友，是他大學期間唯一的收穫——當然，作為一個永遠長眠的人，他也不可能有別的收穫。

那又是在盛夏季節，我再次迎來了一年中最繁忙的時候。只不過以往是忙於應付考試，這時卻在忙於投簡歷、找工作。我們歷史系的畢業生可比不得理工科，到各大招聘會上稍微一掃聽，就會發現自己的出路少得可憐。而我的成績本來就不怎麼樣，又不是黨員和學生幹部，形勢便更加不容樂觀，也就更加需要勤勉。有一天夜裡十二點，我才剛剛結束了一個位於昌平縣城的企業面試，坐著長途車趕回城裡。這時宿舍已經熄燈了，屋裡充滿了此起彼伏的鼾聲和臭腳丫子味兒，我本想直接脫了衣服上床，卻忽然聽到咯吱一響，李牧光的腦袋探了下來。

「小莊……莊博益，你睡了嗎？」他問我。

四年以來，我只見過李牧光在不該睡覺的時候閉著眼，可從來沒見過他在該睡覺的時候睜開過眼。我不由得哆嗦了一下，甚至覺得天有異相，馬上就快地震了：

「你他媽的要嚇死我？」

「對不住對不住。」李牧光的眼睛在黑暗中閃閃發亮，「不過我的確睡不著……也有個事兒想找你幫個忙。」

難道李牧光也在為找工作的事兒發愁嗎？我沒好氣地說：「我能幫你什麼忙？你應該找你爸說去。」

「這事兒他也幫不了我，只能找咱們同學。」他的語氣突然變得可憐巴巴的，「我也問過宿舍裡的別人，可他們都不願意。」

「別人不願意，我為什麼會願意呢……到底什麼事兒？」

李牧光就磕磕巴巴地說了。原來他爸按照很多成功人士的育兒之道，決定送他去美國留學。為了辦這事兒，老頭子親自跑了趟德克薩斯，給他聯繫了一所州立大學，並且以慈善家的身分留下了一筆不菲的捐款。按説這已經足夠把路「蹚」平了，然而快辦手續的時候，外國佬那種特別「死性」的毛病卻又犯了。他們提出，李牧光就算可以不參加入學考試，但總得提交一篇本專業領域的論文，否則沒法兒向所謂的「學術委員會」交代。

「你們學校的委員會，難道不是歸你們這些校領導管的嗎？實在不行我就跟你們書記談。」李牧光他爸什麼時候受過這種刁難，他一怒之下，簡直口不擇言了。

對方表示，那個委員會還真是有權把任何學生拒之門外的；而他們已經對李牧光很寬鬆了，如果不是因為這兩年財政吃緊，哪能隨便糊弄一篇文章就可以入學。至於「書記」這個說法，對方問道：「那是什麼東西？」

於是壓力就轉嫁到了李牧光的頭上。他爸打來電話，讓他火速「攢」出一篇論文來，再翻譯成英文。這讓李牧光感到很無辜：「我又沒想出國，是他們非逼著我去的。這時候事情沒有完全搞定，卻又來折騰我，有這麼不負責任的父母嗎？」

我只好順著他說：「就是，他們太不知道心疼你了。」

「可是我也只好給他們擦屁股。」李牧光又說，「我這個著急呀，上火上得牙床子都疼了。今天我已經問了好幾個人，但他們都說正在找工作，根本沒時間替我動筆。」

「可我也在找工作呀，我的牙床子也在疼。」我說。

「別人不管我可以，但你可不能不管我。」李牧光急道，「誰讓你是我的下鋪呢，咱倆睡得最近，交情也就應該最深。再說我不會讓你白幹的……我給你錢。」

「不要說得這麼赤裸……」我眨眨眼，「多少錢？」

他說了個數：「兩萬夠嗎？」

我仰著頭，像一隻坐井觀天的青蛙，和李牧光對視著。過了半晌，我說：「夠了。」

我之所以答應了李牧光，首先是因為兩萬塊錢對於一個學生來說，實在是一筆無法抗拒的巨款，而第二個原因，就是我突然想到，那篇文章其實並不需要我來寫——再說我也不認為自己有能騙過美國佬的水平。說定之後，我和李牧光分頭安然入睡。第二天他照常沒有起床，而我則披上衣服，蹲在廁所門口守候安小男。

七點來鐘的時候，安小男果然出現了。這時候卻是我追著他問了：「你對歷史還有興趣嗎？」

「實話實說，已經沒有了。」

「話不能這麼說。」我開導他說，「你其實只是對歷史系以及歷史系的那些人沒有興趣了，但對於歷史本身，你一定仍然是樂於思考的……否則也不能解釋你為什麼一口氣讀了那麼多書啊。」

「可我正是因為歷史系的人而對歷史喪失了興趣，我不認為那些人所搞的學問，能夠解釋我的困惑。」安小男把邏輯拽回到自己的軌道上，然後看了看我說，「你到底想說什麼？」

「我想說的是，凡事應該有始有終，你可以寫一篇文章，談一談你前段時間研究歷史的心得。」我進而扯起了謊話，「我正在給出版社編輯另一本書，是《誰敢不讓中國說不》的姊妹篇名叫《中國想說不，誰也攔不住》。你對歷史學的思考，是我見過最獨特也最終極的，僕未嘗聞有為道德而研究歷史者。我認為這本書裡如果沒有你的文章，那麼將是一大遺憾。」

安小男的眼神陡然凝聚起來：「你真這麼認為？」

我點了點頭，他也隨之點了點頭。

然後我補充道：「對了，稿費五千。」

半個月後，安小男果然交給我一篇洋洋灑灑，長達幾萬字的雄文。那篇文章我大概掃了一眼，所用的材料和大多數論點都註明來自我向他推薦過的那些書，但安小男對它們進行了重新整合，從而指向了一個終極的天問：中國人的道德水準是如何不斷降低的？他從秦王掃六合、五胡亂華和竹林七賢一直寫到了五四運動，寫到了「文化大革命」。在他看來，中國原本是有道德的，但中國的歷史卻是一個不斷擊穿道德底線的過程。一穿再穿，時至今日，我們的民族已經相當於穿著開襠褲上街了。客觀地說，安小男的文章存在著嚴重的硬傷。首先，他將歷史解釋成了一個有目的、有意志(也即消滅道德)的過程，這已經近乎陰謀論了。要知道，吾國吾民除了敗壞道德之外，還在春種秋收，男耕女織，需要忙活的事兒多著呢，誰那麼有閒心專門和道德這個勞什子較勁。其次，他絮絮叨叨地說了八百多遍「道德」，但卻並沒有對道德進行起碼的辨析——是儒家道德還是法家道德？內心道德還是社會道德？在他看來，「道德」似乎是一種先驗的天成之物，在人類的蒙昧階段保存完好，一進入文明社會就腐化變質了。但據我所知，原始社會不說別的，起碼婚姻制度的基本形態是：看上哪個女的就「給丫一悶棍」，哥兒幾個把她扛到山洞裡輪流上——這道德嗎？

看來天才也是有侷限性的，安小男在理工科方面的智慧並沒有平移到人文社科領域。或者說，他那種一根筋、特別「軸」[3]的性格恰恰說明老院士制止他轉系是正確的。我有些擔憂這樣一篇文章是否能夠通過美國學校的審查，但轉念一想，我又何必替李牧光那麼盡職盡責呢？再說了，也許美國人會非常喜歡這種中國人自爆家醜的態度——就像他們很喜歡張藝謀的《大紅燈籠高高掛》一樣。於是我沒有耽誤，又拿著文章找到了我的前女友，外語學院的郭雨燕，請她將其翻譯成英文，翻譯費五千元。挾著巨款之威，我順便企圖和郭雨燕重修舊好，並且再次提起了去九寨溝旅遊的計畫，但是郭雨燕乾脆利索地請我滾蛋：

「你這種人，一起玩玩兒倒是挺有樂趣的，過日子就太靠不住了。」

「誰也沒說要奔著過日子去呀。」我說著「香」了她一記，又攬住了她的腰，「我們就是玩玩兒也可以嘛，純娛樂。」

郭雨燕臉色泛紅，一對大胸起伏了兩下，但隨即嚶嚀一聲，將我推開。她正色道：「這就是你的愛情觀嗎？太不道德了。」

他媽的，怎麼又是道德。安小男不是已經得出結論，中國人早就全無道德可言了嗎？可見他那篇文章的確是大謬特謬。

隨著我的徹底失戀，我們這茬兒學生也最終畢了業。朋友或仇人們像狂風裡的雜草一樣飛向天南地北，轉眼之間大部分都成了陌路人。李牧光如願以償地拿到了美國的入學通知書，連最後的聚餐都沒參加就上了飛機。臨走之前，他給我們留下了兩台電腦、一台雙卡收錄機、幾身簇新的西服，還單獨交給我一個裝滿了錢的厚信封。我有點好奇，幫助他通過審查的，究竟是安小男那篇旁徵博引的文章呢，還是郭雨燕那流利而精確的英文翻譯？抑或這兩者都不重要，美國佬既然拿了他爸的錢，所謂提交論文僅僅是走個過場罷了？當然，對於既成事實，我們也沒有必要像歷史學家那樣一味追尋原因，否則生活將會變得更讓人疲倦，也更讓人難以適應。

諷刺的是，出國之後的李牧光倒是與我交往得日益密切了起來，並且真的發展成了他所謂的「朋友」。恨不得剛一下飛機，他就開始給我寫信，告訴我自己在美國的見聞和生活狀況。這

3 軸：倔強，一根筋。

也能夠理解，人畢竟是需要回憶的，到了陌生的環境裡，往事就會煥發出原先所不具備的溫馨色彩。而李牧光的大學四年幾乎都在睡覺，可供他回憶的，似乎只剩下了和我之間的那點兒交往。於是他美化了我們的一手交錢一手交貨，將我給他「攢」文章說成了兩肋插刀的朋友之義，又把他給我兩萬塊錢說成了自己的仗義疏財。他的信上沒有一點兒美國氣息，反而發散著越來越濃厚的東北味兒：

「咋說呢？咱們兄弟就啥也不要說了。」

自從我有了手機之後，他和我的溝通方式就變成了打越洋電話。每週起碼一次，一打就是一個小時，先聲稱「啥也不要說了」，然後說的話卻比我們睡在上下鋪的四年還要多。這個期間，李牧光的談話主題變成了抱怨。他抱怨美國的白人看不起他，黑人居然也看不起他；中國留學生裡比他更富的看不起他，那些窮得連二手「豐田」都買不起的傢伙居然也看不起他。作為一個膚色、體格和智力都不占優勢的外鄉人，他在美國可真是受夠了委屈。更加讓他忍受不了的，是他在中國都可以盡情享受的自由，在美國卻受到了粗暴的干涉：

「他們還不讓我睡覺。」

「誰？」

「我那個印度導師，還有美國房東。」說到這兒，李牧光都快哭了，「有一次我在屋裡睡了三天，房東就報警了。他們說這是病，必須得治。」

我想了想，第一次給了他真誠而善意的忠告：「我也認為你應該配合治療。」

再後來，也許是度過了初來乍到的不適應階段，李牧光的電話總算漸漸少了下來，每次通話的時間也變短了。但這並沒有影響到我們的「交情」，當他父母來北京，我總會跑一趟他們下榻的豪華飯店，為他們磕磕巴巴地講解一遍美國補藥的說明書——都是李牧光寄過去的，其實也就是些深海魚油和褪黑素什麼的，想來「吃錯了藥」也沒什麼危險；而過了兩年，我的表妹林琳考入了美國名校斯坦福大學，我指派李牧光開著他的「凱迪拉克」橫穿了幾個州，去接林琳入學、給她安頓住處、採購生活必需品並且由他埋單。能交上這麼一位有錢有閒，又傻乎乎地熱心腸的朋友，這也是我在表妹面前唯一一件有面子的事兒了。

林琳專門打電話感謝我，說的話和《圍城》裡趙辛楣對方鴻漸的評價剛好相反：「你這人雖然討厭，但還有點兒用處。」

3

直到這個階段，安小男和李牧光之間還沒有發生直接的交集。我想介紹的發生在他們之間的雇傭關係，指的也絕非安小男那篇被我剋扣了大半稿費的文章。一個「槍手」有什麼稀奇的呢？在我畢業之後，找到的頭一份差事，是在一個市屬機關當祕書，工作內容就是給副局長寫發言稿。而像我這樣的編制內「槍手」，在各級單位裡面數不勝數。

再說一個笑話，我所「跟」的那位副局長本來是一平谷桃農，普通話不太標準，總是把「我們」說成「碗們」，而恰好我們的局長又姓郭，於是他朗讀稿件的時候就變成了：

「碗們要團結在鍋的周圍，堅決解決好老百姓的副食供應問題。」

這份工作我幹到第二年，就死活堅持不下去了。坐在單位的會議室裡，我感到自己真的是一只碗，叮噹亂響地空空如也，只等著從鍋裡分出一點肉湯來。然而鍋身邊積極踴躍的碗又太多了，他們有的會往鍋裡倒米，有的是從更大的鍋裡空降下來的，還有的鑲著金邊嫵媚多姿，並且不憚於隨時和鍋跳到同一個水槽裡去洗澡。看起來，我這只缺了口的破瓷碗是很難熬到出頭之日了，於是我咬了咬牙，放棄了這條許多人眼裡的「人間正道」，跳槽去了一個地方電視台下屬的節目製作公司。

隨著廣電系統的市場化改革，如今的製作公司完全採用項目制，拍一個片子拿一份錢，不想幹活的時候，在家躺半個月也沒人管你。雖說碗們和鍋的關係仍然顛撲不破地存在著，但在這個管理相對鬆散的單位，我的生活狀態總算輕快了一些。我先是當記者，跑了一段時間的社會新聞，然後又轉入了編導崗位，很快混上了一個導演的頭銜。只可惜我這個導演和動畫片導演、動物世界導演一樣，都是沒機會和女演員們「深入說戲」的。我幹的是紀錄片，所表現的內容不是邊遠山區的孩子走幾十里路去上學，就是挺著大肚子的女支書都「破水」了還堅持帶領鄉親們搶修養豬場。

斗轉星移地又過了幾年，我的某部主旋律片子矇上了一個政府獎，進而和公司簽訂合同，成立了自己的工作室。隨著財務上的寬裕，我在通州買了房子，接手了一個朋友的二手「大切諾基」，染上了把玩檀木佛珠和沏工夫茶的愛好；為了讓自己時時刻刻「更像個導演」，我還留起了絡腮鬍子，每天出門之前都給自己扣上一頂鑲有紅五星的綠帽子。總而言之，我終於變成了自己既嚮往又厭惡的那般模樣——一個滿嘴跑火車的文化混混兒。

大概是北京剛開完奧運會的時候，我的不知第幾任女朋友，一位社會學專業的在讀研究生向我建議了一個新選題：中關村和學院路一帶的「校漂」[4]人群。這個群體和那兩年受到大量關注的「蟻族」[5]又有不同，他們之所以不是學生還賴在大學周邊，原因是多種多樣的：有人純粹是畢業之後收入低，貪圖食堂的價格便宜；有人是因為還保持著華而不實的精神追求，喜歡隔

4　校漂：指畢業之後仍聚居在學校附近的年輕人。
5　蟻族：指在大城市生活，像螞蟻一樣辛勤而居住空間狹窄的年輕人。

三差五去聽聽講座什麼的；還有人是因為怎麼也跨越不了從學生到社會人的心理轉變，索性就拒絕長大了。憑著直覺，我感到這些人裡也許能挖出點兒什麼東西，弄不好還能再騙個國際上的二流獎呢。況且，我也迫切需要拓寬題材。

說做就做，我「撒」出去幾個聘來的實習生，讓他們為我搜集匯總了一批「校漂」的典型人物，然後帶著攝像扛著長槍短炮，逐一進行採訪。工作進行得出奇的順利，那些「素材」形形色色，但有一個共通的特點，就是都不把自個兒當凡人，表現欲也特別強。他們對著鏡頭手舞足蹈，或抒情或明志，令我不得不該臨時調整思路，將一部繃著塊兒裝深刻的紀錄片改換成了喜劇風格。我還特地留心尋找了一下當年見過的那個「民間哲學家」，很可惜，留校任教的同學告訴我，那人因為偷竊了幾十件女生內衣，已經被移交公安機關了。

幾天以後，前期採訪工作大致告一段落，我在母校的留學生餐廳請全組人員吃了頓飯，準備回去整理錄音。但在席間，一個比較負責任的實習生小張告訴我，在她搜集到的採訪對象中，還有一個沒有「採」到。

「不是都沒落下嗎？」我翻了翻名單說。

「那個人比較孤僻，不願意透露自己的名字，也死活不願意上鏡。」小張說，「不過我總覺得這人身上有故事。他沒工作，也從來不到學校的課堂去聽課，每天就是在學生宿舍裡躥來躥去，保安把他當成撿破爛的，往外攆了好幾回，但每次攆出去，沒兩天他又回來了……」

「沒準真是個撿破爛的呢？或者在倒賣偷來的自行車？」

「我見過他一次，絕對不像。」小張篤定地說。

我時常腆著教育手下的孩子們，幹活兒一定要有始有終，哪怕一個鏡頭沒拍到也不能收工。我也對他們說過，真正有意思的素材往往是鍥而不捨地「摳」出來的，而非隨便拍一拍就能捕捉到的。小張的態度倒好像將了我一軍，於是我讓其他人先吃，自己跟著她走出了餐廳。

小張所說的那人的住處，就在我們學校西門外的「掛甲屯」一帶。那兒的居民把平房加蓋成搖搖欲墜的簡易小樓，再按間甚至按床位租給住戶。這麼多年過去了，這個城中村仍然又髒又破，熙熙攘攘，土路的兩側擺滿了賣雞蛋灌餅、麻辣燙和羊肉串的攤子，不時有戴著厚厚的眼鏡、滿臉木然的年輕人夾著書本匆匆而過。小張帶我穿街過巷，拐進了靠近圓明園西路的一個小院兒。她在一扇緊閉的門上敲了敲，半天無人應聲，又不甘心地透過窗簾縫往屋裡打量。

「幹嗎的？」一個穿花睡褲的矮胖女人拎著一網兜蔬菜進來，警覺地看著我們。她大概是小院兒的房主。

「這兒的住戶不在家嗎？」我指指那扇門說。

「我出門的時候還在呀。」房主說，「難道又被抓走了嗎？」

「什麼人抓他？警察？」

「不是警察，是學校裡的人。」房主撇撇嘴，「給我惹了不少麻煩呢，要不是看他孤苦伶仃的挺可憐，早把他攆出去了。」

我對小張努了努嘴，和她走出了小院兒。院兒門對面，是一間汙水橫流的公共廁所，從剛才起，那股惡臭已經把我熏得很煩躁了。我沒好氣地對她說：「八成就是個小偷什麼的。我上學的時候，就在宿舍裡撞上過一個，哥兒幾個攆著他滿學校亂跑，最後差點兒沒跳湖了。」

小張卻瞪大了眼睛，朝我身後望去，同時抬起了隨身攜帶的微型攝像機：「就是他就是他。」

我不由得回過頭，看見一個又黃又瘦的人。他的頭髮長可及肩，髒得都打綹了，身上穿了件分不出顏色的雙排扣西服，腳踩一雙塑料拖鞋。他的手裡攥著一卷衛生紙，衛生紙耷拉下來一截，隨風擺動著，倒是這人周身上下唯一鮮亮的顏色了。

我像被什麼奇異的情緒擊中了，半晌沒說出話來。他卻在紅五星綠帽子和絡腮鬍子之中努力地辨認著我的臉，片刻之後，眼睛裡流露出了單純的、近乎天真的驚喜：

「你是莊博益？」

「安小男？」

他扭頭看了看小張，伸出一隻因乾枯蛻皮而處處斑駁的手，急促地擺動著：「念及同學的情分，你就別拍我了行嗎？」

真沒想到，我和安小男久別重逢，居然又在廁所門口。我讓小張關了攝像機先回去，自己跟著他走進了那間小平房。房屋低矮，進門時必須得低頭，否則會蹭一腦門子灰；屋裡有一床一桌一椅，看起來都是二手市場淘來的舊貨，此外再無他物。坐在二十五瓦燈泡的下方，安小男便顯得更加骯髒，也更加瘦弱了，但如小張所言，他絕不像個撿破爛的和小偷。如果讓我說，他倒像個八十年代的流浪詩人兼過度手淫犯。

他那手足無措、侷促不安的模樣也讓我心酸。要知道，我們可是名牌大學的畢業生；作為改革的同齡人，我們雖然沒占到什麼改革的便宜，但是比起那些更年輕的後輩，吃改革的虧也還算吃得比較少的——起碼找個相對體面的工作不難做到。那些和我一樣不學無術的傢伙都已經有資格在辦公室裡大搞性騷擾了，而安小男可是理科生裡公認的天才，腦袋裡據稱「裝著半個矽谷」，他怎麼會混到這般田地？

因為害怕刺激到他，我沒有直接發問，而是延續拍紀錄片的思路，迂迴著和他談起了眼下的學校生活——都是些瑣碎細節。安小男告訴我，學生第一食堂那著名的冬菜包子已成絕唱，圖書館地下室的錄像廳也停業了；原來被我稱為「肉香閣」的澡堂子卻還開著，尤其是女部，飄出來的香味兒越來越濃了，「但洗澡的早已不是原來的人了吧」，他咂吧了一下嘴說，那一瞬間居然顯得有些風趣了。

總之，學校是雕欄玉砌應猶在，我是前度劉郎今又來，安小男則已經鄉音不改鬢毛衰。看到他的狀態倒還平和，我終於開口：「畢業之後就再也沒見過面⋯⋯我還以為你留在電子系讀研究生了呢。」

「也是命，也是活該。」安小男垂下頭去苦笑了一聲，「我還得感謝你呢，當初剛畢業的時候，是你那五千塊錢幫我在北京安了家。」

我掃了一眼他的「家」，臉上發起了燒。幸好安小男沒有察覺，他自顧自地講了下去。當初本科畢業以後，他固然沒有進入歷史系，而電子系力邀他繼續讀研究生，還開出了免試英語、政治的條件，卻也被他拒絕了。之所以做出這樣的決定，和興趣、追求之類的東西無關，起作用的只是一個簡單的因素：生計。在安小男十歲出頭的時候，父親就去世了，他是靠母親在肉聯廠洗豬腸子拉扯大的。天長日久，母親的手已經被碱水燒壞了，眼睛也被熏得迎風流淚，視力大大下降，眼瞅著這份活計都做不下去了；幸虧熬到了兒子大學畢業，手裡攥著的又是一份熱門專業的文憑。供養安小男上學讀書，在他母親看來就是為了改變家裡的生活狀況，只要能實現這一目標，那麼就算回了本兒，含辛茹苦沒有白費；相反，如果不能立竿見影地賺出真金白銀，那麼再多的頭銜也是扯淡。

「我真是幹不動活兒了。」他母親對他說，「手像咬了幾千隻螞蟻，這我能忍，但眼睛要是瞎了，拖累的反而是你。」

在此後的擇業過程中，也是母親的意見起了主導作用。安小男沒有進入對口的通信公司或者大型國有電子管廠，他母親的理由是，前者不是有保障的鐵飯碗，而後者的效益不好，工資太低。選來選去，她主張讓安小男去銀行上班。一個純粹的理工科，到銀行又能做什麼呢？這是因為剛好在這期間，金融機構開始大力推進數字化辦公，他們需要安小男這樣的人才提供「技術支持」，說白了也就是當局域網的設備管理員。

於是安小男穿上了黑西服，胸口別了一只鍍金領帶夾。本來這份工作還是很實惠的。首先工資可觀，旱澇保收；其次活兒也不多，辦公室裡遇到的技術問題在他看來都是小兒科，最麻煩的不過是重裝系統和恢復硬盤，實在不行還可以開單子重買一台電腦，反正單位有的是錢。那段時間，安小男的生活過得相當滋潤，他在西單附近分到了一間精裝修的宿舍，宿舍裡堆著工會發的魚、肉、水果、成袋的大米，他還能每月定期往家裡寄一筆錢，不僅足夠母親在H市衣食無憂，而且還能攢下來「將來結婚用」。

但是變化發生在三年以前。某一天的午休時間，安小男所在的那個支行行長突然打來了電話，想約他談談。這還是他頭一次受到頂頭上司的單獨召見呢，安小男有點懵懂，但還是準時推開了行長辦公室的大門。

支行行長正在屋裡看文件，他抬起手來向裡擺了擺，示意安小男進屋，又向外擺了擺，示意安小男把門關上。安小男把半個瘦屁股坐在寫字檯對面的沙發上，眼巴巴地看著領導給他倒了杯茶，給他拿出了一包中華菸，又將寫字檯上那只沉重的水晶菸灰缸放在了他身旁的沙發扶手上，這才意識到了什麼。他立刻跳起來，慌亂地躬著腰說：

「我不渴，我也不會抽菸……要不您喝吧，您抽吧。」

行長被他那拘謹的樣子逗得哈哈大笑：「我就喜歡你們這些搞技術的人——實誠，心裡沒那麼多道道兒。」

然後又草草問了安小男的工作以及生活情況。安小男一一答了：「謝謝您的關心。」

支行行長話鋒一轉：「向你諮詢一個技術問題。」

安小男說：「您說。」

支行行長說：「通過你那台主機，能否掌握行裡每個人的電腦數據，以及他們都用電腦幹了些什麼——比如聊天、轉帳、炒股……」

安小男說：「從理論上來說，只要使用特定的軟件，那麼就是可以做到的。因為行裡的網絡是通過我這台服務器對外連接的，這就相當於我這裡是公共汽車的調度站，每一輛車的行駛速度快慢雖然有差別，但是路線和停靠站點全都被我記錄著。」

支行行長滿意地點了點頭：「那麼交給你一個任務吧。」

安小男說：「什麼任務？」

「去搞一個你說的那種軟件，花多少錢我給你報。」支行行長說著，又把一張打印紙遞到他面前：「這個名單上的人，你從今以後把他們上班期間收發的所有郵件、用通信軟件和別人說的話都保存下來，每週拷貝給我過目。」

安小男就傻了。他不知道行長讓他做這個是為了什麼。這是在嚴肅工作紀律，落實考勤制度嗎？可門口分明已經安裝了指紋打卡機，辦公室裡也設有不留死角的攝像頭，總行還會定期派出檢查人員，一旦發現誰用單位的電腦玩兒遊戲或者炒股票，立刻通報批評。再說所謂的紀律和制度，說到底都是執行給上面的人看的，又何必那麼較真兒，非得將監控細緻到每一封郵件和每一段聊天紀錄呢？

「我當時首先的反應，是這個領導吃飽了撐的，多此一舉。」安小男對我說。

「你太稚嫩了。」我笑著回答他，「他給你的那個監控名單上都是什麼人？肯定有一個是單位的其他領導，比如副行長什麼的吧？剩下的都是這個領導的直接下屬或者有裙帶關係的員工吧？這哪兒是執行紀律，明明就是在搞人嘛。你們行長想要通過你的技術優勢，把他的對頭們搞串聯的動向掌握在手裡，如果還能抓到什麼黑材料，那就更好了……」

「還是你聰明。」安小男由衷地說，「我當時就沒有想到這一點。」

「後來想明白了嗎？」

「想明白也晚了。」

「你是怎麼答覆你們那位行長的呢？」

安小男當時的舉動是——凝視了行長片刻，像垂死的魚一樣「波」地吐了個泡兒，然後說：

「您這麼幹很不道德。」

行長同樣凝視了安小男片刻，然後抬起手來，往外揮了揮，示意他出去，又向裡揮了揮，示意他把門關上。但是我也猜到，事情當然不可能這樣過去。在行長眼裡，安小男就算沒被對立面提前收買，也已經屬那種「知道得太多的人」，如果不能加入自己的陣營，那麼就萬萬留不得了。沒過多久，上面來了一紙調令，將安小男調離了技術部門，發配去總行直屬的信用卡中心做推銷員了。

而我突然問道：「對了……那個時候，你是不是還在看書呢？」

「什麼書？」

「歷史書。還有那些思想神棍寫的騙人玩意兒。」

「當然不了。」安小男說，「不是告訴過你嘛，我已經對歷史學失望了。」

「那你又何苦扯什麼道德啊。」

「我也不知道。」安小男在昏黃的光線下垂下了腦袋，油氈一般的長髮散發出一股霉味兒，「我當時只是覺得特別彆扭，特別難受，好像被人掐著脖子，往肚子上擂了兩拳，如果再不說點兒什麼就要喘不過氣來了。於是我就說了。」

我又想起了他在商談轉系事宜時，對商教授的那次發飆。安小男雖然對歷史學失去了興趣，但促使他去研究歷史學的終極目標，也即「中國人的道德問題」，卻還像華老栓的那包洋錢一樣，往腰間一摸，硬硬的還在。調動了工作崗位之後，他的生活就走上了下坡路。信用卡中心屬新組建的市場部門，人員構成大多是編制外的合同工，效益考核也純粹是計件工資，拉進來一個客戶算一分錢。為了多拿提成，大家各顯其能，有到各種展會門口擺攤的，有到人多密集的場所掃街的，還有像出租車司機一樣隔三差五到機場趴活兒的。但無論在什麼地點面對什麼人，你都必須要放得開，要有一張好嘴皮子，讓目標客戶在極短的時間內對你產生親和感。而這恰恰是安小男的劣勢，他實在不知道應該和那些人說些什麼，更不知道如何讓人對一樣他不感興趣的東西產生興趣。他也曾經把同事們的那套推銷詞彙記在心裡，一蹴而就地對著目標客戶全文背誦，但還沒等他把書背完，人家卻早已帶著莫名其妙的表情走開了。連續幾個季度的考核下來，安小男始終是單位裡的最後一名，他不僅工資被扣得所剩無幾，還要遭受同事們的奚落乃至敵視，因為他的推銷成績嚴重地拖了別人的後腿，連累大家一塊兒跟著挨批評、扣獎金。

終於，在信用卡中心新一輪的競聘組合即將展開時，安小男又一次承蒙領導單獨談話了。這次仍然有茶，有中華菸，有水晶菸灰缸，而當他再一次如夢方醒地客氣起來時，領導的話卻是：「兩條道兒你自己選：要不你自己走，要不我們請你走。咱們這兒任務太重，競爭也激烈，不是養大爺的地方。」

就這樣，安小男被迫從銀行辭了職。

「然後你沒再找別的工作？」我問他。

「找了，但沒找著。推銷的崗位肯定是幹不了了，我說我還能做技術，但人家都不信，因為原先那個行長給我寫的鑑定是『業務水平無法勝任』。」

「那麼你回到學校來，是打算重新考研究生嗎？」

「考上也念不起呀。」

「你現在靠什麼生活呢？」

「感謝母校，還是有辦法。」

安小男告訴我，他失業之後，單位的宿舍自然也沒了，於是便來到這裡租了間小平房。茫茫北京，他真正熟悉的地方只有學校，走投無路之時也只能回到學校附近。幾乎所有的學生在上學期間都恨過自己的學校，但畢業之後一旦混得不如意，卻又把學校當成了避風港。他們甚至是在自我欺騙，感覺只要回到當初的狀態，那麼生活就還有希望。這也是我在拍攝這部「校漂」的紀錄片時總結出來的共性。總算是天無絕人之路，安小男閒散了半年，手頭的一點積蓄差不多快花光了，卻意外地發現了一個在學校裡靠山吃山的新門路。以前銀行的人事幹部給他打來了電話，吞吞吐吐地求他代替自己十九歲的兒子參加高等數學考試：

「我看過你的成績單，理科全是滿分，所以請你千萬不要謙虛。」

前同事願意為「這一單活兒」支付「市價」，也即五千塊錢，恰好和我當初把李牧光的論文「轉包」給安小男的價格是一樣的。由此可見，那時候的李牧光的確是一個睡糊塗了的冤大頭，想找槍手也不先打聽打聽行情，從而給我留下了巨大的利潤空間。沒過幾天，安小男拿到了用自己照片製作的假學生證，走進了考場。他第一次幹這種勾當，固然緊張得滿頭大汗，但實際的操作過程卻波瀾不驚。公共課都是好幾個系的學生混考，幾百人的階梯教室裡基本上誰都不認識誰；況且大家都在埋頭答題，即便是同班同學之間，也不會留意誰該來沒來，誰不該來卻來了。他只用了半個小時就做完了卷子，並故意答錯了幾道題——這是出於雇主的要求：

「我們只要七八十分就夠了，太高了容易暴露目標。」

有了良好的開頭，後面的路也就平坦了。通過成績不好的學生們的口口相傳，安小男變成了中關村一帶幾所大學中赫赫有名的「槍手」，雇主們對他的評價普遍是：待人誠懇，業務精湛，要價合理，不留後患。還有人在校內論壇上主動為他打廣告：小男小男，考試不難。他的名氣甚至傳到了外地，就在去年，一個上海富商的孩子專門為他買了頭等艙的機票，請他過去為其斬獲了復旦大學微積分競賽第一名的獎杯。這個行當的經營周期和地壇廟會上賣羊肉串的有相似之處，都屬幹三天頂一年，安小男只會在期末的考試季裡馬不停蹄地趕場，其他的時間則都在學校周邊閒逛，或者乾脆窩在屋裡。

不過作為一個槍手，安小男也有著明顯的缺點。首先是他的穿著和外貌越來越不修邊幅了，身上還散發著嗆人的霉味兒，這導致他很容易在考場上引起懷疑；其次就是他過於注重「售後服務」這個環節，每次從考場出來拿到錢，都要苦口婆心地把考試題目向對方講解一遍，然後再進行一通思想教育：

「連這都不會，你對得起父母嗎？」

聽到這裡，我不禁啞然失笑，但才笑了一聲就生生噤住了。我看到安小男的臉上浮現出了貨真價實的痛苦，他講到自己的失業和窘迫困境時都是心平氣和的，但現在卻兩眼濕潤了起來。如果只看那雙眼睛，你甚至會把安小男當成一個不慎失足的純情少女。

「我知道你覺得我虛偽，我也知道替人代考本身就是弄虛作假。」他打著磕巴說，「所以我每次勸那些學生好好學習的時候都是真心的，如果他們都能用功點兒，也就不用把父母的辛苦錢花在這種事情上了……」

「那樣的話，你就連這碗飯也吃不上了。」我打斷他，扯開了話題，「你媽怎麼樣？」

「暫時還過得去。」安小男舔了舔嘴唇告訴我，他的代考收入除了維持最基本的生活開銷，其餘全部寄回了H市，並且是分月寄的。他至今沒有把失業的消息告訴母親，因此反倒慶幸母親的眼睛越來越不好，已經沒法兒坐火車來北京看他了。而每年春節回家的時候，只要臨時換一身西服，也能大致搪塞過去。這麼大的事兒，居然被他瞞了個嚴實。

「所以說嘛，別再把道德什麼的當壓力。」我順勢替他開脱道，「道德的標準也不是絕對的，得視情況而定。你的處境是飢寒交迫而不是衣食無憂，你面對的又是赤裸裸的生活而不是宗教審判，況且你還有一個母親要贍養——憑什麼要求你的靈魂像那些有錢人的後脖頸子一樣雪白呢？那反而不道德也不公平。」

「你真是這麼想的？」

「那當然，而且一直都是這麼實踐的。」我說，「這年頭，就算蒼天有眼也被馬路上的攝像頭給取代了，只要警察不來找你的麻煩，那你就是一理直氣壯的良民。日子已經過得不容易了，咱們都得活得儘量輕鬆一點兒，也務實一點兒，對吧？」

安小男這時卻咧開了嘴：「可是警察沒準兒已經盯上我了，上次替人家考完力學出來，有個助教帶著保安跟了我一路，還把我叫出去盤問了半天……他們說以後再看見我就報警。」

「那也不用怕，咱們再想想別的出路。」

那天一直聊到了傍晚，我帶著安小男離開掛甲屯，到以前開在學校東門外的胡同裡、後來又移師到海淀體育場一側的「千鶴」餐廳吃了頓日本菜。沒有想到，如今的安小男也開始喝酒了，而且量還不小，我們一共要了五六瓶糯米釀製的清酒，差不多都被他一個人給喝了。酒足飯飽，我又提出找個地方「咯吱咯吱洗乾淨」，便強拽著他打車去了一家洗浴中心。酒勁兒被冷風吹上了頭，安小男的情緒也終於開朗了一些，他踉蹌著走在門口的幾個「羅馬人」中間，手四處亂指著，像小孩兒一樣賣弄著學識：

「這孫子叫屋大維，這孫子是凱撒。」

他身上的泥都快結成殼兒了，搓澡師傅表示必須得收雙倍費用。趁他正在搓著，我便穿好衣服走出了洗浴中心，到街拐角的自動提款機上取錢。先取了一萬，這是當年我利用安小男的文章從李牧光那兒賺的；又加到一萬五，這是把給我前女友郭雨燕的那份兒也添了進去；最後又加到了兩萬，這是每天的提款上限。我從腳邊撿了個塑料袋，將那摞錢胡亂包了，揣進洗浴中心裡遞給安小男。

他正坐在休息間，赤身裸體地摩挲著兩扇瘦排骨，好像一隻洗乾淨又退了毛，只等下鍋的菜狗。看到袋子裡的是錢，他驚慌地推回來：「這怎麼使得……你已經對我夠好的了。」

我感到了辛酸，臉上再次發燒，硬是將錢推回去：「都是同學，客氣什麼。你先換一個像樣點兒的地方去住，再給我留個聯繫方式，我看看能不能幫上你。」

安小男的嘴像鮎魚一樣一癟一癟的，似乎馬上又要哭了。我的心裡五味雜陳，不禁動情地胡嚕了一下他的滿頭雜毛，又用力摟了摟他的肩膀。這個舉動倒惹得旁邊兩個膀大腰圓的漢子好奇地打量了過來，在他們眼裡，我們也許很像一對正在上演愛情悲劇的同性戀人。

4

在此之後，我又斷斷續續地找過安小男幾次，有時候請他吃頓飯，有時候給他送幾件劇組裡配發的工作裝。那兩萬塊錢他沒有用於換房子住，而是都寄回了H市，支付他母親治療眼病的費用了。他繼續住在掛甲屯廁所邊上的平房裡，等待著下一個考試季的來臨，並提心吊膽會不會被校方抓個現行。

我也幫他找過工作。很遺憾，我們那個工作室的經費非常有限，因此才只能剝削那些「有志於藝術」的實習生，而要想添加一個全職的崗位基本上是不可能的。至於我問過的其他同學那裡，情況就比較氣人了。那些傢伙平常都吹得天花亂墜的，可是真趕上事兒，卻一個比一個縮得快，給我的答覆不是「能力不濟」，就是「掣肘奈何」，還有人反過來開導我：

「為了那麼一個人，你犯得著嗎？」

這固然也沒什麼不正常的，世上有貧賤之交，有富貴之交，但最讓人無法想像的就是富貴與貧賤之交。讓我不舒服的是，他們對我的義舉也揶揄了起來。「上次我想在你的片子裡插倆『軟廣』，你張嘴就要十萬，這時候卻他娘的扮演起了愛心大使——」一個自己開了個小公司的同學刻毒地擠對我說，「告訴你，就你兜裡那倆鋼鏰兒，想沾染真正的富人癖好還早著呢。」

更讓我不適應的，反而是和安小男的交往本身。他看我的眼神已經不對勁了，剛開始是羞怯和感激的，後來就漸漸地變成了崇敬。那崇敬之中似乎又藏著什麼嚴肅、高遠的東西，彷彿崇敬的並非我這個人，而是我所代表的某種抽象觀念。他不會認為我對他的關切是出於什麼偉大的情懷，進而把我看成「道德」的楷模了吧？

「我在大學期間所做的最正確的一件事，你知道是什麼嗎？」在五道口一個擠滿了韓國人、

「西巴」之聲不絕於耳的串兒吧裡，安小男奮力地用嘴擼著一根烤火腿腸，噴散著酒氣問我。

「是當眾痛斥了商教授嗎？」

「不不不，是那天在圖書館門口和你打了個招呼。」

「這實在不敢當。」我躲著他的目光說，「事實證明，我幫助你學習歷史什麼的，明明都是浪費時間。」

「那些都是雞毛蒜皮的小事兒，不值一提。」安小男用竹籤子「點」了我一記，「我的意思是，我很慶幸能交到你這個朋友，這讓我不再那麼孤獨了。」

我忍不住打了個寒顫，突然有一種衝動，那就是向安小男坦白，我之所以願意幫助他只是因為「黑」過他的錢，如今心裡突然過意不去了——假如非得把這種情緒稱為「負罪感」的話，其性質也僅僅類似於一個立志減肥的胖子在酒足飯飽之後的後悔與自責。但我又在話要脫口之際憋住了。告訴他實情又有什麼用呢？當務之急，其實是尋找到一條門路，改變安小男的處境，幫助這個已經被現實逼到牆角的人「跳出來」。

恰恰是在這個當口上，另一個曾經把我視為「唯一的朋友」的人空降到了北京。

李牧光回國之前並沒有通知我，但降落之後的第一件事，就是給我打了電話。從那鯨魚腹腔一樣擁擠、雜亂的波音777機艙內，我先是聽到了亂糟糟的美式英語、澳洲英語、印度英語和粵語、上海話，隨後，在一片全球化的南腔北調之中，一個東北鐵嶺口音抑揚頓挫地宣布：

「驚喜不？我南霸天又回來啦。」

事實上，我已經有兩三年沒怎麼和李牧光通過信兒了，偶爾在網上聊兩句，也是浮皮潦草地匆匆而散。看起來，李牧光已經完全適應了美國的生活。他建立起了新的交往圈子和業餘愛好，更重要的是看似弄明白了自己在那邊應該幹點兒什麼，以及能夠幹點兒什麼。而這樣一想，他能夠念及舊情，首先找到我，就足以令我受寵若驚了。

我立刻放下手頭的事兒，奔向機場接他。在一群因為不熟悉新航站樓而暈頭轉向的海外赤子中，我一眼就發現了李牧光。他正穿著一身八十年代華僑風格的白西服和花襯衫，精神矍鑠地東張西望。看見我之後，他高呼了一聲小瀋陽味兒的「long time no see」，張開雙臂將我淹沒在「迪奧」男士香水的氣息中。

「先看看這幾個寶貝吧，他們是貝貝晶晶歡歡瑩瑩和妮妮。」我被嗆得喉嚨發癢，掙脫出來指著遠處廣告牌上的五個「福娃」介紹道。這就有點兒沒話找話的意思了：我突然對眼前這個李牧光感到陌生。

「網上不是說還有丫丫麼，她沒來？」

「這不你丫來了麼……」

李牧光哈哈大笑，用力地拍著我的肩膀：「兄弟，你還是那麼風趣。」開車回城的路上，我遞給他一張劇組長包的酒店房卡：「還沒訂房的話就先到我那兒歇會兒吧，想必你也累了……」

「不累不累。」李牧光揮著手說，「我在飛機的頭等艙裡都沒睡，好幾年沒回國了，太興奮。」

我驚愕地張大了眼睛。難道李牧光還有睡不著覺的時候嗎？睡不著覺的李牧光還是李牧光嗎？突然間，我總算反應過來他哪裡令我感到不對勁了。一個一天到晚都在睡覺的人是萎靡的、淡漠的，就算站著，好像也已經完全垮塌了；過去的他就是這種樣子。而今天的李牧光卻是如此的亢奮、躁動和興致勃勃，身上除了香水味兒之外，還散發著既強烈又熾熱的能量。他儼然已經脫胎換骨了。

我自然問到了他是怎麼治癒嗜睡症的：「他們電你了嗎？給你注射什麼藥了嗎？」

「電倒是沒電。藥吃了不少，不過也沒什麼用。」李牧光不堪回首地搖了搖頭，隨後又笑了，「倒也真奇了，本來所有人都覺得我那毛病是治不好的，但是突然有一天，我自己反而不想睡覺了。好像我已經把一輩子的精神都養足了，突然就想去吃、想去玩兒、想去找女人、想去幹點兒事業了。」

「就那麼自然而然地——好了，沒有什麼具體的契機嗎？」

李牧光歪了歪腦袋，好像思索了一會兒：「如果說契機，可能是我爸退休吧。退休了也就是沒權力了嘛，我媽打電話告訴我的時候都哭了，說他們不能再像以前那樣什麼事兒都照顧我了，還說我也該長大了，以後就得靠自己了……他們還給我寄了筆錢，讓我學著投資去做點兒生意。打這之後，我總感覺身後有一群狗攆著我，日子過得快了，人也有精神了。」

這倒是個合理的解釋：地無壓力不出油，人無壓力愛犯睏。別說李牧光了，我們所有人身上的精氣神，又何嘗不是被狗攆出來的。只不過在有些人屁股後面追著咬的，是一群得了狂犬病的瘋狗，個中滋味就與李牧光這種公子哥兒不同了。不管怎麼說，我還是要祝賀他，並且儘量利用好和他的交情——從那身「阿瑪尼」西服和「瑞摩瓦」旅行箱看出來，他很可能已經是個相當成功的買賣人了。

隨後的幾天，在李牧光的要求下，我開車帶著他滿北京地找樂子。這些年，從世界各地尤其是歐美竄回來的中國人越來越多，我身邊的不少朋友都會隔三差五地接待一批外國還鄉團，並且把這種事情當成了負擔。他們抱怨說，有一類從海外回來的人很難伺候，那些傢伙既像原來一樣愛面子，又新學會了斤斤計較，既什麼都沒見過，又要裝作什麼都見過，既要蹭吃蹭喝從來不掏錢，又要指桑罵槐地暗示國內的種種不好。總而言之，他們同時具備著中國人與外國人的雙重沒出息和雙重不滿意。但李牧光可絕不是這樣的人，他的做派與其說像個海歸，倒不如說像個土財主：

「只要是國內有而在美國享受不到的，你就儘管帶我去。」

於是我們去了「大三元」吃佛跳牆，去了朝陽公園的「八號公館」做泰式按摩，還去了昆侖飯店附近那家當時尚未查封的夜總會喝了場花酒。每次折騰完，都是李牧光搶著結帳，我和他爭過兩回，他差點兒跟我急了：

「看不起我是不是？看不起美國人民是不是？」

還訓斥我：「別以為世界上的錢都被你們中國人掙了。」

我問他：「你入了美國籍麼？」

「那當然，現在國家榮譽感正強著呢。」

能夠這樣愛美國，可見李牧光的確在那邊混得很開。幾天吃吃喝喝下來，我便開始打探他「發的是哪一路財」，這一趟回來又是做什麼的。

「中國人在美國還能做什麼生意，無非是老三樣：餐館、洗衣房、倒買倒賣。」李牧光爽快地回答我，「我是最後一樣，只不過玩兒得比一般人大一點兒。剛開始，我在洛杉磯的一家玩具批發公司幹活兒，老闆是我爸的朋友，他帶了我兩年，教會了我一些門道，然後就收手不幹，搬到邁阿密去享受生活了。我趁機買下了他的公司，又擴大規模，在一個『帽兒』裡新開了家玩具城，占了整整一層樓。這趟回來當然是跑貨源，中國是世界工廠嘛。我過兩天就要到義烏去了，如果能跟那邊的商業協會談好，繞過中間商直接發貨，一個芭比娃娃就能省下十美元呢。」

我彷彿看到成千上萬個芭比娃娃身穿著一模一樣的花裙子，浩浩蕩蕩地跨過太平洋，前往天使之城，走進了李牧光的玩具大觀園。接著，他又向我介紹了正在經手的各種玩具的產地、價錢和受歡迎程度：小丑魚尼莫、機器人瓦力、凱蒂貓、胡迪和巴斯光年……看來他這個老闆的管理風格是親力親為，事無巨細都要了解和掌握的。他談論起生意的精明勁兒，也讓我再次感到恍惚，懷疑眼前這人和當年在我頭頂長睡不醒的李牧光究竟是不是一個人。

也就是在這時候，我動了把安小男引薦給李牧光的念頭。我尚未想明白在李牧光的生意裡，安小男那樣一個人到底能有什麼用處，但既然李牧光看起來不像大多數同學那樣勢利，又「做人正在興頭上」，那麼就算他不能幫安小男謀個職位，出於同學之誼施以援手也是很可能的。但我並沒有立刻採取行動，而是鞍前馬後地送走了李牧光，又耗過了一個多星期，等到他從義烏回來，才打電話約上了安小男。

那天算是我為李牧光回美國而設的送行宴，除了安小男之外，還叫上了以前歷史系的幾個同學。大家都驚愕於李牧光的巨變，但也旋即就適應了全新的李牧光，進而拿出場面上那一套，駕輕就熟地和他套起「瓷」[6]來。在紛飛的名片和酒杯中，安小男表現得比那天面對攝像機時還要無所適從。他佝僂著腰，深陷在沙發椅裡，下巴都快與桌面齊平了，歪著腦袋一會兒看看這個，一會兒看看那個。別人說話他插不進嘴，別人問他什麼也完全接不上茬兒。或許他一直搞不明白我把他弄到這種場合是為了什麼。

「這哥們兒不是那個——那個誰麼？」菜走了大半，李牧光彷彿才發現了飯桌上還有一個安小男。他睥睨著，把酒杯舉了過去。

「咱們著實不認識。」安小男顫顫巍巍地舉起酒杯，卻沒跟李牧光碰，徑自乾了。我知道，他的舉動並非有意失禮，只是因為面對陌生人的緊張。

「莊博益的兄弟就是我的兄弟。」李牧光不以為意地笑著，又問，「哥們兒在哪兒發財呢？」

「失業。」安小男小聲地如實答道。

「實業救國嗎？具體是哪一行？」

「不是實業是失業，沒工作。」

「那就是自由職業者嘛——你太會開玩笑了。」李牧光還替他打了個圓場。

但安小男認真地糾正道：「的確是失業。」

6 瓷：關係好，有交情。套瓷即為攀交情。

他的態度好像在和誰負氣，更加與酒桌上的氣氛格格不入了。旁邊的幾個人側目而視，已經不加掩飾地冷笑了起來。李牧光倒被鬧了個大紅臉，訕訕地起身去了衛生間。

我趁此機會跟了上去，在走廊裡攔住他：「剛才那人，你覺得怎麼樣？」

「哪人？」

「失業那人啊。」

「他失業也不能賴我……不過看起來倒是個老實人，不像其他幾個人那麼滑頭。」

「這就對了，你果然是塊幹事業的料，很有識人之明。」我恭維了一句，隨後介紹起安小男這個人來：他是我們的同級校友，他是理科天才，他恰恰是因為太「老實」才被打壓成了一個失業人員，他還要供養一個兩眼昏花的母親……自然，我略去了李牧光去美國學校的入學論文是安小男捉刀這一環節。現在再提這事兒，對我們三個人都沒什麼好處。

「那麼你的意思是……」李牧光遲疑著問我。

「能不能扶他一把，幫他撐過這個難關。」

「這種事兒幹嗎找我？你也知道，我是個買賣人，不是開粥棚的。」

「但你是我所認識混得最好的人。」我赤裸地說。

這恐怕也是我能想出的最義正詞嚴的理由了。我說完，就像真的站在了某種道義那一邊，以審視的眼神直勾勾地看著李牧光。自從在心理上變成了一個成年人以來，我就很少如此誠懇而鄭重地對人說過什麼事兒了。

李牧光卻淡淡地笑了。

「你這不是要挾我麼？」他聳了聳肩膀說，「我招誰惹誰了，混得好什麼時候也成罪過了。」

在那個瞬間，我很想向他闡述一個邏輯：如果這個世界的運行規則就是零和遊戲，那麼混得好也許還真是有罪的。就像牆角裡只有一撮麵包屑，胖老鼠吃了，瘦老鼠只能眼巴巴地看著；還像這兩隻老鼠只夠一隻貓填飽肚子的，黑貓吃了，白貓便只能餓肚子。但李牧光那慵懶的笑容又讓我心虛了一下，隨後換上了習以為常的、漫無邊際的微笑。這可能是條件反射，但也可能是深思熟慮的結果——前面說過，我很害怕變成一個偏激的人。我還懷疑自己是不是被安小男身上那種既沉鬱又淒涼的氣質給催眠了，這可不是個好現象。

於是，我們寡淡地咂吧了一下嘴，肩並肩地回到席上，繼續吃，繼續喝。那天的晚飯一直持續到了夜裡，很多人都喝得語無倫次了，安小男則是自己把自己灌高了。他到衛生間裡吐了兩趟，皺巴巴的襯衫上黏著來歷不明的液體，臉卻越來越白，兩隻眼睛泛出血絲來。幸好有兩個人的老婆打來了電話，異口同聲地威脅他們「再不回來就甭回來了」，李牧光這才把杯中酒一乾，瞥了瞥我說：「就這麼著吧？」

大家出了餐館的大門，又在幾根朱紅的仿古柱子之間瘋癲地熊抱了一番，口中說的無非是「何日君再來」「常回家看看」或者「狗富貴，豬相忘」之類的套話。等別的鳥獸都散了，我湊近李牧光，拍了拍他的肩膀：

「再去喝壺茶？」

「要喝就到我那兒喝去吧，別再單找地方了。」李牧光仍然懶洋洋地笑著，又對不遠處正在發怔的安小男歪歪下巴，「你要叫上他也可以。」

李牧光的確變得很精明，他已經料到了我接著想要做些什麼，而他的意思分明是那樁事情還「有緩兒」。我欣慰了一下，趕緊過去拉住安小男。

「我就算了吧……」安小男兩眼往地上溜著說。

我硬生生地扯著他：「你就權當再陪陪我吧。」

李牧光的住處離餐館不遠。我們溜溜達達，影子被路燈拉長復又縮短了幾個來回，一起走進了長安街畔的那家老牌五星酒店。記得李牧光的父母來北京的時候，常住的也是這一家。喝了兩杯客房服務送來的「錫蘭伯爵茶」，大家很快氣定神閒下來。抓住這難得的清靜時刻，我又把話頭拽回到剛才的主題上，對李牧光反覆強調安小男是多麼的需要幫助，又是多麼的值得幫助。但我已經學了乖，不再企圖論述這種幫助是一種責任，而是將它渲染成了一種樂善好施、一種只有李牧光這個級別的成功者才配擁有的美德。我的有些話已經說得很肉麻了，就連「你拔一根毛比我們的腰都粗」這樣的名句都引用了出來。

「哪個部位的毛呢？」李牧光還在打哈哈，臉上卻泛上了頗為享受的神色。

「任何部位。」我一揮手說，「只要你捨得拔。」

說這些話的時候，我是一點羞恥之心也沒有的。反正我是在替安小男央求著李牧光，出賣的也不是我的自尊心。而安小男的頭卻一再地低下去，幾乎低到了地毯的羊毛裡去。他的手還在用力地摳著皮沙發的邊角，發出輕微的啵啵響聲。他的這副樣子讓我覺得自己有點兒殘忍，但又不得不時時扼殺著自己那令人反胃的同情心。

說到底，我是為了他安小男好。

終於，李牧光逗夠了悶子，瞥了安小男一眼：「別光人家說呀，你的態度呢？」

安小男歪頭看了我一眼，沒有說話。他站起來，為李牧光把茶杯斟滿，又從寫字檯上拿過一支「高希棒」牌南美雪茄，連同水晶菸灰缸一起放到了李牧光的手邊。這是安小男在社會上混了那麼一遭，學會的唯一的「禮數」。做完這些，他對李牧光近乎羞慚地笑了。

李牧光點燃了那根狼煙瀰漫的屎狀物，輕輕地感嘆了一句：「你呀，還真是個老實人。」

「咱們誰也不忍心看著老實人受委屈，對吧？」我趕緊說。

李牧光點點頭，站起來說：「再說了，莊博益的面子我也不能不給。」

「你的意思是——」

「給我看倉庫，你能嗎？」李牧光對安小男說。

我心裡升起的懸念頓時墜落了下去，甚至覺得李牧光是在開一個惡意的玩笑了。我一個沒忍住，叫了起來：「這也太屈才了吧？要看倉庫你找一老頭兒找一殘疾人不就行了嗎，用得著找安小男嗎？再說了，你在國內又沒有廠子，你讓他到哪兒看去，把他帶到美國去嗎？」

「你聽我解釋嘛。」李牧光搖著雪茄，不緊不慢地娓娓道來，「我說的看倉庫，可不是一般的看倉庫，而且正因為不用去美國，所以才非得找個過硬的技術人員不可。還是從頭說起吧，我公司的倉庫有兩個籃球場那麼大，地方就在洛杉磯港口附近的一個物流基地裡，是一次簽了幾年的合同整租下來的，不光我的貨得從這兒進出，同時還租給其他人用。這麼重要的產業，當然得找人看著啦，但是美國那鳥地方，勞動力的質量實在令人堪憂，所有的窮人都是被寵壞了的傢伙，又懶又滑。我曾經一次性地雇了兩個黑人、一個白人和一個墨西哥人，讓他們兩人一組雙班倒，結果差點兒被氣死。有一次物流基地裡鬧水老鼠，他們卻喝多了睡大覺，導致幾箱芭比娃娃被啃得七零八落的，簡直像遭到了集體姦殺似的；還有一次，他們居然串通一夥越南流氓，把我的一批玩具給偷出去賣了……就這樣的貨色，我他娘的居然還要給他們發福利、上保險，而且要像伺候大爺一樣伺候他們。尤其是那倆老黑，連訓也不敢訓他們一句，否則他們就要上法院去告我種族歧視。這他媽的是什麼世道，還有沒有天理呀？比來比去，還是咱們自己的同胞靠得住，世界上再沒有人比中國人更勤勞勇敢的了，所以我下定決心，一定要把倉儲這一塊的業務外包到國內來。」

說到這兒，李牧光的語調就激憤了起來。但我仍然沒聽出個所以然來，忍不住插嘴問道：「你的意思是把倉庫挪到國內來嗎？」

「那怎麼可能。」李牧光像看傻子一樣掃了我一眼，「我的玩具都要在美國賣，吃飽了撐的在中國蓋什麼倉庫？倉庫還在美國，但看倉庫的人要在中國。」

「這怎麼可能？」

「這並不難。」一直像悶葫蘆一樣的安小男這時卻突然開了口，「我們只要通過互聯網建立一套可視系統，把攝像頭安裝在美國的倉庫裡，監視器則設置在中國，完全可以實現遠程監控。不光是監控，如果把電子報警器和美國的保安公司、警察局對接，一旦倉庫裡出了什麼意外，報警也完全可以通過網絡來實現。」

「對啦。」李牧光一拍巴掌，激賞地看了一眼安小男，繼續對我說，「在這方面，他就比你靈光得多。其實我這個想法也是受別人的啟發，現在美國的很多行業已經這麼幹了——比如那些推銷電話，常常就是雇了一幫印度阿三從新德里打過來的；還有我前些天新換了一輛林肯車，號稱有真人實時導航系統，結果接通了一聽，媽的，馬來西亞口音。一個馬來西亞土鱉教我在美國怎麼開車去比佛利山莊參加安吉麗娜．朱莉出席的新款服裝發布會，多神奇。不過我在美國也諮詢過專家，他們說如果要實現我的這個創造性計畫，就必須在中國找一個技術過硬的人，因為這邊的監控終端得由他來建立和調試——你行不行？」

他的最後一句話就是問安小男的了。而安小男眨了眨眼睛還沒說話，我就已經代為回答了：

「當然行。」

「那麼恭喜你。」李牧光笑著向安小男伸出了手，「從今以後，你就是外企雇員了。」

5

隨後的兩天，李牧光痛快地和安小男簽訂了勞務合同，然後又痛快地和我告別，登上如同鯨魚插了翅膀的波音777，返回美國了。沒過多久，他往國內匯了一筆錢，讓安小男租房子、買設備，將他們商量好的那個「監控中心」的中國分部建立了起來。他還專門給我打了個電話，讓我幫他「看著點兒那小子」：

「如果他想從我這兒揩油的話，那就打錯主意了。美國的財務制度和你們中國可不是一碼事兒。」

這個態度令我隱隱地感到不快，但也只好擔保道：「安小男你又不是沒見過，那就是一榆木腦袋，讓他在錢上做手腳還得現教呢。再說你讓我監督他，但又焉知我是不是個老實人呢？」

「知人知面不知心啊。我爸他們單位以前有個幹部，日子過得節儉極了，連過年也捨不得燉一鍋肉，可後來一查才知道，人家在北京和上海買了七八套房子——那錢又是從哪兒來的呢？」李牧光哼哼冷笑兩聲，但大概聽出了我的不滿，又安撫我說，「至於你，我是一百個放心的，咱們是朋友嘛。」

他乾淨利索地掛了電話，卻把我留在一派類似於懊惱的情緒裡，莫名其妙地生了會子悶氣。在和李牧光接觸的這些日子裡，我一邊重新對他熟悉起來，一邊卻又感到他比以前更加陌生了。他的神態和語氣裡有了一種毫不掩飾的倨傲之氣，並輕而易舉地重新定位了和以往故交的關係，把人與人之間的平視一律改為俯視，那架勢不言而喻——我和你們不是一個階級的。與此同時，他又展示出了令人直打寒顫的精明。就以他和安小男之間的雇傭關係為例吧，這個念頭李牧光也許早就盤算好了，但他一直不說，而是在我反覆央求之後才以施捨的姿態答應，如此一來，便可以順理成章地開出那些苛刻的、對他大為有利的條件了：安小男是拿不到各種保險的，如果需要加班也沒有加班費，工資更是只有李牧光原先雇傭的一個黑人保安的三分之二，僅為區區一千美元出頭而已。李牧光對此的解釋是，黑人看倉庫是需要上夜班的，而安小男人在中國，美國的夜晚恰好就是中國的白天，夜班補助也就可以免了。這樣算下來，安小男每個月就要替他省下幾千美元的人工成本，李牧光真是賺大了。

當然，我並沒有把李牧光的這些變化理解為加入美國籍的結果。決定人身上某些特性的，往往不是國籍而是階級。在全世界的無產者聯合起來之前，全世界的資產者已經率先聯合了起來，他們的嘴臉也大抵如出一轍。試想換成一個中國富人同學，就會對我保持平等，對安小男出手大方嗎？情況恐怕更甚。所以不管怎麼說，我還是應該替安小男感謝李牧光，正是因為他的創意和實踐精神，才讓安小男重新有了工作。再考慮到中美兩國之間貨幣以及「人」本身的價格差異，這份工作甚至稱得上差強人意。

如今的安小男終於搬離了掛甲屯，結束了校漂生活。在我的幫忙張羅下，他在中關村以北的上地附近租下了一個寫字樓裡的開間。房間大概有三四十平米，裡屋的牆上掛著七八台液晶屏幕，此外還有保證時時暢通的網線以及高性能電腦主機；外屋則是洗手間和一張單人床，他下了美國的班，足不出戶就可以睡中國的覺。在設置那套監控系統的時候，安小男再次顯露了一個理科高才生的素養。他指揮李牧光那邊的技術人員將攝像頭安置在最合理、最精確的位置，保證偌大的倉庫不留一個死角；他還修改了軟件程序，升級出一套可以迅速切換視角的操作方法，這樣一來，同一個屏幕可以分別顯示幾個攝像頭的視角，當某一個攝像頭損壞或者被擋住之後，它附近的攝像頭也能及時填補空白。總之，這套系統的精髓正是：讓安小男像身臨其境一樣，在那兩個籃球場大的空間裡明察秋毫。

監控屏幕裡每天顯示著什麼樣的內容呢？無非是一個又一個庖丁解牛般的黑白圖像：水泥地、牆角、貨架、通向走廊的安全門……把這些切片拼合起來，就得到了倉庫的全貌。只不過是一個單調呆板的巨大長方體而已，但再一想到這個長方體位於太平洋的彼岸，位於上萬公里以外的我們的腳下，就不由得讓人心裡生出一種奇妙的感覺。

在高清晰的微觀攝像頭裡，我還見過工人們往玩具包裝盒上打價簽：一個芭比娃娃十四．九九美元，一個Hello Kitty一六．九九美元，一個會搖頭晃腦的機器貓略貴一些，是一九．九九美元。美國的物價的確令我們眼紅，我曾經給一個親戚的孩子買過一模一樣的「進口」芭比和Hello Kitty，國內商場的售價幾乎高了一倍不止。而據我所知，我們國家東南沿海的打工妹們忍受著化學原料的毒氣，冒著手指和整張頭皮被機器絞掉的危險，生產出了這些人見人愛的小玩意兒，出廠價也就是二十幾塊人民幣。

很顯然，安小男非常珍視這份工作。他幾乎變成了一個網上所說的「技術宅」，週一到週五的整個兒白天都坐在監控台前，兩眼聚精會神地盯著美國夜晚的倉庫。這其實不是一個輕鬆的活兒，那些圖像幾乎永遠是寂靜的、一成不變的，我曾經替上廁所的安小男盯過一會兒，才不到五分鐘就心煩意亂地走起了神兒。別說是水泥地和貨架子了，就是換成哪位性感女演員的豔照，讓你直愣愣地盯上幾個鐘頭，恐怕也得看吐了。

但是安小男卻能做到絕對的忠於職守，永遠不會審美疲勞，並且很快就立下了一件奇功。那是在一個中國的正午美國的子夜，一個彎腰駝背的白人老頭兒溜進了倉庫，先是蹦腳亂跳地自言自語了一陣，然後又哆哆嗦嗦地拿出一只打火機，企圖引燃貨架上的紙箱子。安小男利用網絡報警系統接通了物流港的保安室，片刻就有兩個屁股像八仙桌面一樣大的胖子衝了進來，上演了美國警匪片裡才有的場面：掏槍頂著嫌疑人的後腦勺，將其按倒在地雙手背後拷成了一條肉蟲子。

「那人就是被安小男頂替的老保安，因為失業了，所以丫瘋了，妄想報復我。」李牧光興沖沖地給我打電話，「這套監控太管用了，所以我總是說，幹活兒還是中國人靠得住。」

我向安小男傳達了李牧光的褒揚，但對被抓住的那個老頭兒的身分，我卻緘口不言。

這事兒過後，安小男的工作積極性更高了。當他再坐到那排昆蟲複眼一般的監控屏幕對面時，臉上幾乎泛起了少女懷春般的紅暈。他是如此的專注和激動，就連呼吸都變得沉重了。這人從來就沒在人際關係中扮演過強勢的一方，更沒有支配、掌控過誰，但通過這套監控系統，他一定獲得了巨大的心理滿足——那也是一種權力的滋味。

俯瞰一切，全知全能。毫不誇張地說，在那個倉庫裡，安小男扮演的角色簡直可以比擬上帝。這一切也令我獲得了莫大的成就感。安小男其人能夠重新走上正軌，和我對他的關心不也是密不可分的嗎？再扯得遠一點兒，我所從事的紀錄片工作，說起來是以「記錄人生、改變社會」為宗旨的，我們這個行當的人假如說還有一點兒職業理想的話，也應該是給寒冷者以溫暖，給絕望者以希望。但這個觀念幾乎沒有實現過，在操作的過程中，我所做的無非是不停地退讓、妥協、諂媚，乃至於一個廟一個廟地拜菩薩，從那些頭面人物的手指頭縫兒裡摳出一點項目經費來，說白了和要飯也差不多。然而在安小男身上，我卻意識到自己還有著影響別人生活的力量，意識到自己似乎還是一個有用的人。在這種信心的激勵下，我或許也將有勇氣去結婚、生孩子、承擔起一個家庭的責任來——當然，前提是得在那些急功近利的小娘們兒裡發掘出一個值得我「愛」的。

而當安小男的狀態徹底安定下來之後，我便不得不離開北京，到外地跑了一圈兒。「校漂」那部片子粗剪完成，有個教育主管機構提出了意見，說我的作品裡「亮色」太少，然後撥了筆錢，讓我著力反映一下幾個近年新建的「大學城」的風貌，從而和方興未艾的「教育產業化」改革掛上關係。對於那紙批文，我在同行圈子裡極盡嘲弄之能事，但一扭臉就包了輛「依維柯」攝像車，叫上組裡的幾個得力人手準備動身。

「你怎麼竟依了？」一塊兒去的實習生小張問我。

「你不曉得他們的力氣有多大。」我和她對了句魯迅在〈祝福〉裡的台詞，然後無恥地辯解道，「反正我不答應他們也會收買別人，這種好處與其便宜了那幫王八蛋，還不如自己搶在手裡。」

出發之前，我專門到上地的辦公室看了看安小男，給他帶了一盒從樓下「屈臣氏」商店買的眼藥水：「敬業歸敬業，也不要太廢寢忘食。」

安小男「嗯」了一聲，捋了捋仍如亂草一般，但總算乾淨了一些的頭髮，從懷裡掏出一個牛皮紙信封遞給我：「裡面是這兩個月的工資，李牧光給我打過來的是美元，我已經換成了人民幣。你路過河北的時候，能不能順便彎到H市一趟，把這些錢給我媽帶過去？她眼睛不好，去銀行取錢很不方便。」

我自然一口答應，並在兩天之後就把這事兒給辦了。緊鄰H市不遠，就有一片剛剛竣工的大學城。那兒基本上就是一塊鑲嵌在華北平原上的水泥疙瘩，到處都是明晃晃的道路和操場，連一棵樹也見不著。大學城裡聚集著省內幾所三流學校的低年級本科生，他們因為被發配到這種地方而心情頹喪，像一群走錯了門的雞一樣倉皇地閒逛。在取景的時候，我們還遇到了一個突發情況：幾個農民工攀登上大學城的主樓，悲憤地呼號著什麼，頻頻作勢欲往下跳。一打聽，才知道是開發商一直沒給建築方付清尾款，導致他們的工錢也被拖欠了。但在當地政府工作人員的陪同下，這樣的場面肯定是沒法抓拍的。

晚上又被幾個頭頭腦腦拉進賓館狠「撮」了一頓，到了晚上九點左右，我才有了空暇，下樓攔了輛出租車開往H市的老城區。這地方在很久以前還作過一個諸侯國的國都，並流傳下來諸如「紙上談兵」「一枕黃粱」等等名聲不太好聽的成語，但如今已經看不出一點兒王城的氣象了，整個兒就是一個巨大的工廠宿舍區。安小男家座落在一條格外破舊的巷子裡，車都開不進去。我下車步行，因為沒有路燈，幾乎在坑坑窪窪的土路上崴了腳。

由於提前打了電話，安小男他媽並未驚訝，熱情地接待了我。這個當年勇闖校辦公室的肉聯廠洗腸工衰老得很厲害，頭髮像七八十歲的人一樣蒼白而稀疏，軟塌塌地貼在天靈蓋上。她的眼睛一翻一翻的，明顯是在努力地看卻又看不清楚，在狹窄的斗室裡必須摸索著桌沿才能行走。

我把裝錢的信封放在桌上，本想客氣兩句就走，但她卻死活不依，非要讓我喝壺茶。她摸到廚房去燒水的時候，我便只好歪在塌陷的布面沙發裡，打量這間兼做客廳和臥室的房間。像所有獨居的老年人一樣，安小男他媽在屋裡擺滿了雜七雜八的破爛兒，床腳的夾縫裡居然塞著一台竹製的老式嬰兒車，難道她正期待著用它給安小男看孩子嗎？而在一只矮櫃上方的白灰牆上，我看到了密密麻麻地懸掛著的獎狀和照片。

「你是有出息的人，能拍電視……」安小男他媽的聲音從滿是中藥味兒的廚房傳來。

「安小男更不賴，掙的都是美元了。」我敷衍著她，起身踱到那扇牆邊端詳。

紅底黃邊兒的獎狀自然都是安小男獲得的，來自於五花八門的數學和物理競賽；照片則是他們一家人在過往的不同時期拍攝的，在昏黃的燈光下具有濃郁的復古意味。有兩張八寸的合影吸引了我的注意，照片的主角是一位四十上下的男人，穿著筆挺的西裝，戴著一副金邊眼鏡，長相也很精神。他不是在主席台上領獎，就是正向某位年邁的大人物進行講解，儼然是那個時代報紙上頻繁報導的「青年改革家」或「科技標兵」什麼的。這人無疑是安小男他爸。在另一張生活照裡，他正在給兒子過生日，父子倆一人捧著一塊奶油蛋糕，滿嘴白鬍子明媚地笑著。

我突然想：如果這男人還活著，那麼一家人的生活就不會是現在這副模樣吧，或許安小男的脾性也不會發展成後來那樣。從心理學上講，許多性格有明顯缺陷的人，都是少年時代沒能生活在一個完整的家庭裡造成的。

安小男他媽沏好茶，又絮絮叨叨地拉著我聊了很久。她感謝我這麼長時間來一直照應著安小男，並讓我提醒安小男除了埋頭幹活兒，還得注意和領導、同事搞好關係。「他現在跳槽到美國公司去了，我覺得挺好，聽說那種地方的人際關係單純一些，更適合他這樣的人……他爸當年就是在這方面吃了虧。」說到這兒，安小男他媽的神色有些淒然，又有些恍惚，但馬上岔開話題：

「他也該找對象結婚了——還有你也是。別光顧著掙錢，多少錢也買不來一個家。」

我走的時候，她還給我帶上了好幾張下午烙好的糖餅，讓我路上吃。她堅持將我送出門外，又陪著我在漆黑的巷子裡走了一小段，走的時候手扒著牆，小步慢慢挪著，彷彿每一步都不知道應該先邁左腳還是右腳。

那是我第一次以辛酸的感情理解了「邯鄲學步」這個成語。

離開安小男家後，我們的劇組一路南下，途經鄭州、武漢、長沙，邊走邊拍，終於在深圳結束了工作。至此已經在外面奔波了兩個月有餘，每個人都蓬頭垢面，乍一看很有漂泊感。在這期間，我的生活發生了兩個小小的變化，一是原先那個女朋友跟著一個搞金融的跑了，二是我導致了組裡的實習生小張受孕。奇妙的是，這兩件事之間並不存在邏輯上的因果關係，所以我們三個當事人誰也不覺得虧欠了誰。小張的妊娠反應很強烈，才兩週就開始哇哇大吐，恨不得把苦膽都清空了，而且還有小產的跡象。到了深圳之後，我只好讓劇組裡的其他人就地解散，自己陪著她到醫院保胎。我們已經商量好，等她一畢業就結婚，把孩子生下來。做出這個決定之後，我的心情倒是頗為激盪，乃至於充滿了初為人父的悲壯之感。記得夜裡躺在賓館的床上，我拉著她的手說了好多煽情的話，有幾次把自己都快感動哭了。

小張一句話就戳穿了我：「不要試圖給自己的每個舉動尋找意義——累不累啊？我和你別的那些女人相比，唯一的特殊性就是恰好在你即將折騰不動了的節骨眼上插了進來，相當於擊鼓傳花的最後一棒。」

比我們小十歲的那代人都是天生的現實主義者，早早兒就把什麼都看透了。她們讓我欣慰，也讓我慚愧。

又拖拖拉拉地磨蹭到北方的天氣暖和了，我才帶著小腹微微隆起的未婚妻回到了北京，但也不再出去和各路魑魅魍魎廝混，而是把自己那套房子好好布置了一番，過起了深居簡出的生活。小張的研究生論文答辯在即，一旦通過就可以和我去「扯證兒」[7]了。她在正式上任之前便已經很進入狀態，不但把我飼養得越來越肥嫩，而且還嚴格地限制了我能跟什麼人交往、不能跟什麼人交往。她也算在我那個圈子裡混過，對我周圍人的品行相當了解，好幾個德高望重的老藝術家都被列入了黑名單。

「你那群所謂的朋友裡，也就安小男還算個老實貨色。」她如是評價道。

但即便是這個老實貨色，我也有很長日子沒見面了。就連美國倉庫放假休息的週六週日，他也忙得團團轉，根本沒工夫出來和我消磨時間。正所謂天將降大任於斯人，安小男在沉淪數年之後，終於迎來了事業的「黃金期」，這還得益於李牧光那敏銳的商業嗅覺：他讓安小男為洛杉磯那個物流港裡的每一間倉庫、每一條過道和每一間辦公室都設計好「跨國監控系統」，再由自己出面推銷給附近的企業主們。他還有個長遠而宏大的計畫，就是把那些設備貼牌批量生產，行銷到所有人力成本高昂的國家和地區去。不管在中國還是美國，什麼東西一旦沾上了「高科技」又沾上了「國際化」，利潤都會像蘋果手機一樣打著滾兒地往上躥，李牧光迅速地在玩具生意以外拓展出了新的滾滾財源。而在這一輪的雇傭關係裡，他對安小男也變得仁慈多了，答應每售出一套監控系統，便返給他五千美元的提成，當然這也只是整個兒銷售額裡的小小零頭罷了。

安小男甚至不必前往美國進行實地考察，只需要對著那些房間的三D圖形，把監控系統的設計方案做好，再用網絡傳給李牧光就算大功告成。至於監控終端設在哪個國家、哪個地區，也可以由購買系統的美國老闆們自行決定。在短短的幾個月時間裡，地球的各個角落如同雨後春筍一般，冒出了十幾二十個和安小男幹著同樣工作的人，他們端坐在印度、馬來西亞、菲律賓、墨西哥或者中國的電腦屏幕之前，注視著美國一隅的風吹草動。閉著眼睛想一想，這是多

7 扯證兒：指結婚，到民政部門領取結婚證。

麼壯觀的場景啊。

「不要老說我們美國人在監控全世界，」李牧光給我打電話時說，「全世界人民也在監控著美國嘛。」

又過了不到兩個月，李牧光再次乘坐著鯨魚一般的波音777，聲勢浩大地空降到了北京——對於這種行程，他現在已經不再稱之為「回國」，而是改口叫做「訪華」了。仍舊是到了機場，他才給我打了電話，但這一次卻不再叫我出去鬼混。跟在他身旁東跑西顛的人變成了安小男。

他們先是結伴去了西安的高新區，然後又依次到華北的幾個大中型城市溜了一圈兒，此行的目的是為投資建廠選址，有可能的話還要跟當地政府洽談一系列相關事宜。既然監控系統已經打開了銷路，就需要找一個國內的廠家進行規模化生產，把採購來的攝像頭和主機貼上統一的商標。美國發明出來的玩意兒總是要在中國製造，這條法則就像地球總是自西向東旋轉一樣不言自明。然而我卻想不明白，要建廠幹嗎不去東北啊？那兒是李牧光的老家，他爸雖然退了，但想必餘威還在，再加上和他們家沾親帶故的人非官即商，辦起事情來總是要方便得多。

「恰恰因為父母和親戚都在那邊，所以才多有不便嘛。」對於我的疑問，李牧光解釋道，「越是家門口越要注意影響——你這個人還是幼稚。」

我也算在中國的江湖混跡過一些年頭的人，如今卻被一個美國人訓斥為「幼稚」，這不免讓人啼笑皆非。而沒過兩天，又有一個消息傳了過來：李牧光為廠子初步選定的地址就在H市。這就不能不說是一個巧合了。據說當地的官員常年苦惱於經濟發展和鋼鐵綁定在一起，汙染大不說，這幾年的銷路也不大好，一噸鋼材才賺十幾塊錢。他們早就叫囂著要「轉型升級」，卻拉不來合適的項目，如今正好和李牧光一拍即合，不光口頭承諾了稅費方面的優惠，而且就連地皮也是可以低價出讓的。李牧光他們在H市盤桓的時候，我特地打了個電話，請他去安小男家裡拜訪一下，最好再拉上一兩個政府裡的幹部作陪。我的用意很簡單，是想讓安小男的母親見證到兒子的確「出息了」，而且對老人以後的日子也有好處——哪怕能招徠一夥兒學雷鋒標兵，逢年過節給她刷鍋刷碗擦擦玻璃也是好的。

「這個也不用你說。」李牧光回答我，「你這朋友既然跟著我幹，我就虧待不了他。」

但不久之後，安小男卻先一個人回來了。打電話時一問才知道，他到H市只是作為「技術總監」走個過場，向當地的有關領導「匯報」一下監控系統的功能以及原理。而當洽談涉及股權、地皮和人員安置等等關鍵階段時，就得李牧光親自出面了——那想必是個漫長而艱難的扯皮過程，尤其是在李牧光打定主意讓自己的叔叔出任新廠長的前提下。

我再次見到安小男，就是在自己的婚禮上了。小張的肚子已經駭人地鼓了起來，如果再不早點兒辦事兒，恐怕將來就得讓親兒子來給我們當伴童了。好在現在的婚慶公司很高效，服務也很周全，還能定做用鋼絲把裙子高高地撐起來的孕婦婚紗。婚禮的地點是在一個酒店的露天花園裡，我與小張並肩走過草坪，感覺自己正挽著一只雪白的蘑菇。來賓們自然對著她那奉子成婚的肚子指指點點，被請來當證婚人的一個「央視」春晚副導演更不靠譜，他搖頭晃腦地指導我們互相戴上戒指，然後宣布：

「祝福你們仨！」

好歹把儀式進行完，我還得在人群中不停地穿梭寒暄、被人打趣。轉到同學的那一桌時，我一眼就看見了被幾個人勾肩搭背地簇擁著的安小男。人們對他的態度明顯變了，那副親熱勁兒就好像在對待熟識已久的老朋友。這也是可想而知的。安小男「鹹魚翻身」的消息經我添油加醋地擴散出去，幾乎成為了一個現實中的小小奇蹟，一個美國夢的中國翻版。

「啊呀呀，你放了道台了，還說不闊？」有個傢伙正狠捶著安小男的肩胛骨說。而安小男一定還不習慣這樣的恭維，他雙手交叉抱在胸前，茫然失措地四處望著。直到看見了我，他的眼睛才亮了一下。

我過去和那幫人喝了杯酒，解圍地把安小男攬出了人堆兒，在一蓬濃郁的月季花邊聊了起來。

「李牧光還在H市嗎？」

安小男舒了口氣說：「還在。他投資的條件挺苛刻，兩邊還在僵持。」

我又說：「你怎麼不趁機在老家多待兩天？你媽還好嗎？她烙的糖餅料真足，咬一口能燙後腦勺。」

「你要喜歡吃，下次讓她再給你做……我爸活著的時候，每次聽完高英培的相聲都要吃糖餅。」安小男笑了笑，又吸溜了一下鼻子，「李牧光讓我先回來，一是因為公司的倉庫還得有人看，二是讓我再改進一下那套監控器材，現在的成本還有點兒高。」

「得加班吧？」

「昨天又熬到三點多鐘。」

李牧光果真是疑人不用，一旦用了就往死裡用——還是那句話，他們那個階級的人大凡如此。這時我如果斥責他「剝削」，反倒顯得矯情了。於是我說：「累點兒無所謂，能掙著錢就行。既然榮升了什麼總監，他給你的工資也該漲了吧？他答應的那些提成兌現了嗎？」

安小男近乎難為情地點了點頭。

「那就好。」我說，「手頭寬裕的話就趕緊買套房子，現在北京的房價漲得厲害，人家都說晚買倆月白幹一年……還有，你媽讓我勸你找個對象。我老婆有幾個同學正好閒著呢，比如那個，我看就還行——」

我朝隔壁桌邊一個把自己塗抹得如同雕花蘿蔔的姑娘指了指。那姑娘正在奮力地對付著一堆冷盤，看見我們燦然笑了，嘴裡差點兒蹦出倆潮州肉丸子。

我也噗哧了一聲，正想認真地尋覓出兩個可以被稱為「果兒」的姑娘，安小男忽然說：「你結婚了，給你備了份禮。」

「搞那麼『虛』幹嗎，」我笑道，「要是錢的話就直接塞前台那捐款箱裡吧，美元也收。」

「除了錢還有別的。」安小男匆匆跑回座位，從桌子底下抱著一個紙箱子出來，「我親手做的，你們的孩子生出來之後也許用得著。」

這時小張也好奇地湊了過來，我們兩個打開箱子，看見裡面分門別類地綁著幾個攝像頭和數據線什麼的。分明是一套倉庫監控系統的具體而微者嘛。

「這有什麼用呢？」我不免感到荒誕。

安小男解釋起來：「你想呀，你很忙，小張學歷這麼高，也不可能不出去工作吧？到時候孩子放在家裡，只能請保姆來照顧。可現在信得過的保姆太不好找了，她萬一要是不給孩子按時餵奶呢？要是給孩子吃安眠藥呢？所以我就專門給你們設計了這套嬰兒用的監控系統，環繞著小床三百六十度無死角，而且還有體溫遙感器，孩子發燒的話也能報警。你們在外面一開電腦，就可以隨時掌握孩子的情況了……」

他那認真的樣子讓我們同時哈哈大笑了起來。小張向安小男道了謝，然後又指著我說：

「你還不如幫我把他也上了監控呢，他那個行當裡不三不四的女的太多了，這人意志又不堅定，他每天上班我都提心吊膽的。」

「這就是所有正房的通病——剛扶了正就過河拆橋，也不想想當初是怎麼『撲』我的。」我笑著跟小張「逗」，「但是歸根結柢還得怪我，魅力太大了無法抵擋。」

小張反唇相譏：「咱倆誰『撲』誰呀？誰在器材間裡痛哭流涕地哀求人家『暖一暖我的靈魂』呀？當時就應該把這段兒給你錄下來。」

我們兩個你一言我一語，但安小男卻茫然地抬起了眼睛，看向了北京陰沉沉的天空。他好像正在走神，從周圍的氣氛裡「間離」了出去。小張便有點兒訕訕的，對安小男說了句「多喝點兒」，然後就挺著肚子找她那幫女伴去了。

我拍了拍安小男的肩膀，換上了誠懇而體貼的口吻：「謝謝啊——看到你能越過越好，我也很高興。」

但這時，安小男卻舔了舔嘴唇，說出了一句讓我目瞪口呆的話：「我不想幹了。」

6

安小男的話雖然讓我驚詫，但卻又有似曾相識之感，就像一齣彩排了幾遍的拙劣話劇。只不過第一次和他演對手戲的是商教授，第二次是那個銀行行長，第三次就變成了我。但我招他惹他了？我可以說是唯一真心想幫他的人啊，他怎麼就這麼不讓我省心呢。

「為什麼啊？」帶著近乎委屈的情緒，我叫了出來。

「我有心理負擔……」安小男的眼神游移起來，彷彿正在斟酌詞句。

我突然想到了被安小男協助逮捕的那個酒鬼老頭兒：「難道你是因為不忍心搶了美國老弱病殘的工作嗎？這就是婦人之仁了。咱們第三世界國家人民哪兒配同情美國人啊？那國家的福利好得很，當個失業的窮人幸福著呢。」

「不是這個原因。」他說。

「那麼就是李牧光逼你幹過什麼事兒……比方說除了倉庫以外，還監視監聽什麼人？」

「也沒有。」

「那你抽什麼瘋啊？你的心理負擔是從哪兒來的？」我索性任由酒勁兒發作，指著安小男的鼻子質問道，「別身在福中不知福了，你這份兒工作多讓人羨慕自己知道麼？掙錢多少都不提了，姑且談談尊嚴，談談人生價值吧。你知道咱們那些坐機關的同學十年如一日打水掃地擦桌子上級放個屁都得叫好越討厭誰越得衝誰樂樂得臉都抽筋了是什麼滋味嗎？你知道我為了拍個片子騙完項目騙贊助騙完審查騙觀眾這活兒幹得有多沒勁嗎——製片人都改叫『只騙人』了。再跟你說個玄的，我有個前女友是開皮草行的參觀了一次活剝水貂皮就開始夜夜做噩夢夢見自己也被開了個口子然後『啵』地一聲從皮裡拽了出來，因為這事兒她信了佛結果還讓一假冒『仁波切』財色通吃了。誰沒壓力呀，誰活得容易呀？也就是你這種幹高科技的，一不用缺德造孽二不用自毀人格站著就把錢掙了——你還有什麼不知足的？」

對於我這番洩憤式的長篇大論，安小男似乎無話可說地點了點頭。但他隨後卻又說道：「工作本身當然沒有問題，只不過……」

「只不過什麼？」

安小男猛然直視我，目光炯炯，「你知道李牧光的錢是哪兒來的嗎？」

「不是賣玩具掙的嗎？」

安小男的口齒也加快了，但卻遠比我要冷靜、清晰得多：「我看過他的入庫單和出貨單，他那個公司處於整個兒玩具流通環節的末端，利潤已經被其他公司瓜分得差不多了。就以一個芭比娃娃為例，中國出廠價大約三美元，到了他手裡已經漲到了將近十五美元，而他還要應付稅收、場租和每個季度一輪的打折促銷，再刨除美國那昂貴的人工成本，能打個平手就算萬幸。還記得他曾經跑到義烏，想要繞開代理商低價拿貨的事情嗎？當地的商會害怕得罪幾家壟斷性的貿易組織，根本沒敢答應他。總而言之，李牧光靠他玩具生意的營收，根本不可能賺出現在這麼多的錢——你知道他在H市談的那個項目投資有多少？連廠房帶地皮他都想買，起碼要拿出幾千萬人民幣。」

我盡力跟著安小男的思路，大概聽懂了他的意思，突然又含糊了一下，打斷他問道：「你說你……看過李牧光的流水單據？」

安小男「嗯」了一聲。

「他怎麼會讓你看這種東西？你一個技術人員，他吃飽了撐的才會請你查公司的帳。」

「說起來也是湊巧。那些材料李牧光本來是不可能給我看的，他每次核對完貨物，都會把單據放回倉庫旁邊的辦公室裡。但這一陣他不是回國了嗎？他待在H市而我又回了北京的那幾個白天——也就是美國的夜裡，我繼續在辦公室監控著倉庫。恰好這期間，公司到了一批貨，是他手下的一個業務經理接收的，那人大概比較馬虎，簽完字就順手把一摞單據都扔在了貨架上，結果被風捲了一地。而等到我上班打開攝像頭的時候，看見倉庫裡亂七八糟都是紙張，還以為出了什麼事兒呢，趕緊用攝像頭的放大功能拉近了看，結果就大概了解了李牧光公司的經營情況。」

我這個技術方面的白痴又提出了新的疑問：「攝像頭都在天花板上，那些進貨單和出貨單上的字跡想必又很小，離得那麼遠能看清楚嗎？」

「對於專用的高清攝像頭來說不是問題。」安小男笑了笑，「沒聽說過嗎？在伊拉克戰爭期間，假如一個薩達姆軍營裡的士兵正在吃橘子，美國衛星能夠清楚地拍到他手裡的橘子有幾瓣。類似的技術早就開始轉入民用了。」

「再過兩年，我們劇組的器材沒準兒也該更新換代了。」我跑題道。

但安小男板起臉來問我：「咱們還是說回李牧光吧，既然現在的公司利潤很薄，他的錢到底是哪兒來的呢？」

「也許是他在開玩具公司以前掙的呢？」我含糊道，「再說李牧光家裡也給了他一筆啟動資金……」

「可他告訴過我——你一定也知道，李牧光在做玩具生意之前患有神經性疾病，他一直在被強制治療嗜睡症。」安小男敏捷地打斷了我，「倒是你說的後一件事情可以作為解釋，但那恰恰是讓我懷疑的地方：李牧光的父母再怎麼混得好，也是國企幹部，他們的收入保證全家豐衣足食並不奇怪，然而聚積出那麼大的一筆財富就說不通了。」

「你的意思是⋯⋯」我幾乎是在明知故問了。

「這裡面有問題。」安小男篤定地抿了抿嘴，「道德問題。」

時隔多日，我再次聽到他的嘴裡迸出了那兩個字。此時給我的感覺，「道德」這玩意兒簡直就像一種罕見的隱疾，它蟄伏於宿主體內，無形無跡，但一有機會就會不可避免地發作。在這喜慶的、觥籌交錯的婚禮現場，我從安小男身上嗅出了前所未有的不合時宜的氣味，彷彿他不是地球上的一個活生生的人，而是從哪個遙遠的、未知的世界流竄過來的。他站在草坪上，卻好像兩腳懸空，只是一個飄飄然的人影。

接著，我的心裡升起了一團厭惡。這厭惡並非針對安小男，但恰恰因為沒有具體指向而讓我格外惱火。我瞪著安小男，一字一頓地說：「你這是病，得找個心理醫生看看。」

「你說的是道德嗎？」

「不是道德，而是你這種把一切都和道德扯上關係，再和一切較勁的怪癖。這和衛道士有什麼區別？擱一百年前你是不是也得哭天喊地地阻止女人天足寡婦改嫁呀？你剛過上幾天安穩日子啊，這麼快就好了傷疤忘了疼了？」我冷笑了一聲又說，「而且你剛看出李牧光他們家有問題呀？告訴你，我早就看出來了，從他剛一入校上大學就看出來了。但我們能怎麼辦——你又能怎麼辦？不為他那五斗米折腰嗎？那好，你要有骨氣的話就掄圓了抽丫一大嘴巴，搬回你的小平房裡去，你媽的眼睛也乾脆甭治了省得看著你糟心……我也懶得再管你了，我管夠了。」

在我的逼視下，安小男的腦袋便低了下去。他的嗓子裡發出了「吭、吭」的聲音，好像一個挨了批評正在吭泣的小學生。片刻以後，他才重新揚起臉來，表情卻很平靜，甚至稱得上淡漠：「你說得也對。」

我乘勝追擊道：「我對在哪兒了你錯在哪兒了——不要口是心非，要深刻反省。」

「日子得過下去，而且得好好兒過下去，你說的就是這個意思吧？」他囁嚅道，「可我老管不住自己，成天都在亂想……我辜負了你對我的好意，我以後不這樣了。」

他的聲音很細小，讓我一下子就心軟了。於是我不知是嘆了還是舒了一口氣，摟住了安小男的肩膀。我挾著他往人群中走去，路上調整情緒，又掀起了一輪場面上的高潮：

「請允許我敬你們一杯！」

「為什麼不呢？」大家雀躍著擁了上來，間或還有砰砰的開香檳酒的聲音在半空中迴盪。

那天我用七八種酒連續乾了無數杯，但不知為何根本沒有喝多。和身邊那熱火朝天的氣氛相反，我的心裡只感到空寂、落寞，甚至有一絲寒意在周身遊走，讓我不時像剛撒完尿似的打個哆嗦。安小男大概提前走了，不知何時我一回頭，就發現他的座位上已經沒有人了。到了下午三點多鐘，折騰夠了的賓客們才零零落落地散了個乾淨，我終於也疲了，叉著兩腿坐在椅子上一邊抽菸一邊看著滿地狼藉發呆。小張則在當場開箱盤點收上來的份子錢，不時向我通報一聲誰給多了下次得找機會把人情還上，誰比較「雞賊」紅包裡的票子還不夠自助餐的人頭費呢。

過了一會兒，她走到我面前，遞過來一個沉甸甸的紙包：「你看看這個，也沒寫名字。」我打開一看，裡面居然是美元，而且都是百元大鈔。小張說她大致點了點，足有五千之多。

這五千美元大概是安小男從監控系統上獲得的第一筆提成收入，而他也沒換個信封，就給我送來了。我把紙包還給小張：「甭管誰的，來則收之，收則花之。你不是一直想出國玩兒一圈兒麼？留著那時候用吧。」

「我是真沒看出來，你們那群人裡面居然還有這麼值錢的友誼。」

「要是友誼犯得著用錢來衡量嗎？」我慘笑道，「也許這是宣布跟我絕交呢。」

這之後的很長一段時間，我便再沒見過安小男，就連電話也沒通過一個。他仍在上地附近的那個寫字樓裡為李牧光工作著，同樣沒有再來找過我。分析一下我們互相敬而遠之的心態，從我這邊來講，是因為他那頑冥不化的「道德感」令我感到疲憊和無所適從，而他呢，則是為了不得不繼續端著眼下這個飯碗而羞愧，並害怕來自於我的冷嘲熱諷吧。所以說人吶，真沒必要把自個兒的調子定得太高，除非你已經做好準備和生活決裂了——這也是義士們只有在刑場上的那兩句豪言壯語才具有說服力的緣故——沒有功德圓滿的最後一槍，其他時候再怎麼喊也做不得數。

實話實說，我這些年也沒少「掰」過朋友。有些人是因為利益上的糾葛而翻了臉，還有些人也沒什麼具體的衝突，彷彿突然之間就話不投機了，然後互相在背後說對方「俗」。我本想用以往的經驗來處理和安小男的疏遠，寬慰自己「誰離了誰活不了」，但我居然沒有做到。每當看到什麼有關於我們母校的新聞，甚或在夜闌人靜無法入睡之時，安小男那張老絲瓜般的臉總會無聲無息地浮現出來，不動聲色地搓著我心裡的某個汙痕累累的部位，搓得我的靈魂都疼了。安小男如芒在背，安小男如鯁在喉。但這樣的感受我也不好意思對任何人提起，就連和小張都沒說過，因為我無法接受自己對安小男的古怪感情被她往「基情」方面引申——這丫頭懷孕期間閒得沒事兒，看了不少日本電視劇，特別熱衷於在男人與男人之間捕風捉影。按照她現在的理論，世界上根本就不存在同性的交情這碼事兒，遠到陳勝吳廣，近到希特勒和墨索里尼，無不是盡心竭力地「賣腐」的結果。

「你注意點兒胎教行不行，我們家可是三代單傳。」我怒斥她，「再說對於龍陽這事兒，你不認為教唆和歧視一樣可恥嗎？」

又捱了些日子，我們的兒子終於順利出生並且滿月了。四面八方的閒雜人等咸來相賀，我索性又到外面擺了幾桌，給了他們湊在一起說吉利話的機會。小張的奶水很足，那天飯還沒吃到一半就又快噴了，於是趕緊抱著孩子離席。我也愈發覺得正常的繁殖能力似乎沒什麼可值得顯擺的，對那些有口無憑的祝福更是提不起道謝的興致，便默默地喝起了悶酒。我就這麼成了一個孩子的父親，但是除了把他製造出來之外，我還為他做了些什麼呢？我是否曾經嘗試過使他大駕光臨的這個世界變得更美好一點呢？這樣的疑問讓我感到沮喪，越發地不想搭理人了。

正在低著頭若有所思，身邊似乎有人站了起來，朝著包間大門的方向打招呼：「你怎麼才來？」「這麼大的喜事兒，你也不早點兒告訴我。」進來的人熱情地嗔怪我。

我抬起頭來，赫然看見了李牧光。他穿著一身簇新的西服，越發顯得身材高壯挺拔，方臉上掛著溫潤的笑。我趕緊對他解釋：「也不知道你是在外地還是外國……」

「甭管在哪兒也得專程來一趟——我可不像你那麼薄情寡義，覺得我這朋友可有可無。」李牧光在我身邊坐下，從皮包裡掏出一樣東西，「給咱們兒子的。」

他遞過來的是一枚巴掌大的純金長命鎖，我一接，被那分量嚇了一跳——居然是實心的。這些金子足夠換一輛越野車的了。

我下意識地推讓著：「太重了，這要掛上對小孩兒頸椎不好。」

「沒勁了啊，看不起我是不是？」

我只好把那塊金疙瘩揣進兜裡，和他寒暄了起來。除了這份大禮，今天李牧光的態度也讓人覺得奇怪：他那種居高臨下的語氣不見了，哼哼哈哈的樣子幾乎可以稱得上諂媚，全然不像一個少年得志的國際「新貴」。我打量著他，他也打量著我。我們的屁股一個比一個沉，直到把所有的客人都耗走了，李牧光站起身來，把門關上，回來後掏出菸來，雙手籠著火兒為我點上。

我還在沒話找話地試探他：「H市那廠子籌備得怎麼樣了？」

「還行，土地批文已經快拿到了，他們還準備以我的這個廠子為試點，在H市城區打造一個高新產業園。」李牧光宣告著好消息，語氣裡卻陡然沒了喜色。

「那應該恭喜你才是——可惜我拿不出那麼厚的禮。」我作勢要舉杯。

他搖了搖手，兩眼遲疑地眨了眨：「但我有點兒別的事兒想請你幫忙。」

幫什麼樣的忙能值得上偌大一個金鎖呢？我鄭重起來：「什麼事兒？」

「安小男的事兒。」

我心裡怦然一跳，說：「我也很久沒跟他聯繫了。」

「但這種事兒還非得你去跟他談談不可。」李牧光下意識地往別處瞥了瞥，壓低了聲音說，

「我懷疑他正在查我。」

「查你什麼了？你什麼時候發覺的？」

「就在最近。以前我覺得他就是一傻乎乎的理科生，現在才發現這人太陰了。自打我從H

市回到北京，他就老套我的話，問的全是他不該問的事兒，比如我在美國的哪個銀行存過錢，我洛杉磯的房子是全款還是貸款，還有我和供貨商的結算周期。這還不算最過分的，就在上個星期，東北那邊的親戚突然告訴我，他居然還在刺探我們家裡的情況……」

「他跑到東北去了嗎？」

「那倒沒有。他通過電話和網絡聯繫上了咱們分配到遼寧工作的那些校友，還拐彎抹角地找到了我上高中時的幾個朋友，說什麼他是公司人力資源部的，要為我建立信息檔案。這藉口也太他媽拙劣了，美國是最尊重個人隱私的地方，哪個外企的人事部門需要掌握老闆他爸擔任過什麼職務、交往過什麼人、經常到哪個球場打高爾夫打完球到哪個會所洗澡啊？好在我這人平日裡手面還算大方，因此那些人就算嫉妒我也不願意得罪我，扭臉就把這事兒告訴了我……而我一猜就猜到了是安小男。我爸都退下來有些日子了，除了他，早已經沒人對我們家的事兒感興趣了。」李牧光越講越激動，又煩躁地咬了咬牙，咀嚼肌像馬一樣湧動著隆起，「到現在我都不知道這孫子這麼幹究竟有什麼目的，而身邊潛伏著這麼一個人，實在太讓人難受了。就跟褲襠裡盤了條蛇似的，誰知道它哪天不高興了會照著你最要命的地方咬上一口。我已經好幾天都沒睡好覺了，早上醒來一把一把地往下掉頭髮……你知道我現在最懷念的是什麼時候嗎？就是大學的時候躺在你上鋪——完全沒有煩心事兒，想睡多久就能睡多久……」

這時候我突然想，也許李牧光治癒了嗜睡症真不是一個明智之舉。人醒了就要折騰，從而把自己折騰進無窮無盡的麻煩之中，但折騰一圈兒的結論，往往不還是那句「浮生若夢」嗎？早知如此，何必要醒。然而我也知道，現在可不是抒發那些舊式文人感想的時候。又不知是怎麼搞的，李牧光所說的事情讓我產生了某種曖昧、含混的好奇，但他那火燎屁股般的焦慮模樣卻引不起我絲毫的同情。

於是我盯著他的眼睛說：「這有什麼難辦的，你是老闆他是員工啊。如果他讓你不舒服，讓他捲鋪蓋卷兒滾蛋不就得了麼——也不必在意我的面子，我對他已經仁至義盡了。」

李牧光嘟囔道：「事兒恐怕還不能這麼說……我現在還不好解雇他。」

「為什麼呢？」

「一句半句也說不清。」

「你該不會是怕打草驚蛇吧？」我嘿嘿乾笑了兩聲，彷彿是在為自己那極其有限的邏輯推理能力而得意，「可不可以這樣理解，安小男沒準兒已經掌握了你——或許還有你家裡——的什麼事兒，而這些事兒又是不大適宜讓太多的人知道的，所以你既討厭安小男又害怕安小男，怕他被惹急了反倒會把事情捅出去。至於你想讓我幫的忙呢，自然就是說服安小男別找你的麻煩，你甚至還打算讓我出面替你收買他，用錢堵住他的嘴……」

李牧光的額頭上冒出一排虛汗，他抬手擦著，趁勢擋著眼睛說：「可以這麼理解。」

「那麼好了，」我兩手一攤，「你還應該告訴我，你害怕被安小男知道的到底是什麼事兒。」

「有這個必要嗎？怎麼你也調查起我來了。」李牧光梗了梗脖子，白了我一眼。

我不慌不忙地又對他說：「你要搞清楚情況，你既然想請我幫忙，那麼總得對我坦誠一點兒吧，把我蒙在鼓裡當槍使算怎麼回事兒？再打個不一定恰當的比方：犯人的作案過程可以瞞著法官，但絕不能對他的辯護律師說假話。」

李牧光張開手指頂著太陽穴，好像在忍受頭痛，喉嚨裡忽然發出了小狗一般的嗚咽聲。

現在我算看出來了，這人從來就不是一個心理強悍的狠角色，他曾經擺出來的精明和傲慢，只不過是仗著有錢虛張聲勢罷了。只要面臨足夠大的外部壓力，他便會像孩子一樣亂了分寸。果然，李牧光又磨嘰了兩下，隨後便吞吞吐吐地向我交代了起來。正如安小男所推測的，他從來就沒在玩具生意裡賺到過什麼錢，而他也並沒指望靠做正經買賣發家致富；開那個公司只是個幌子，其作用是把他爸積累下來的財富轉移到美國去，說白了就是利用國際貿易來「洗錢」。而追根溯源，李牧光家裡的錢又是從哪兒來的呢？積累財富的過程往往要比轉移財富更加簡單粗暴：無非是提成回扣、資產賤賣那一套，相當一部分曾經輝煌過的國有大廠都是被這些人生生玩兒垮的。

當然，這都不是什麼新鮮事情。就連李牧光也委屈地說：「不是好多人都這麼幹麼。」那語氣就好像我的詢問都是多此一舉似的。但我的心裡卻冒出了一種酣暢的、簡直可以稱之為快意的情緒。這倒不是因為曾經不可一世的李牧光終於又在我面前服軟認小，而是因為，這是我第一次聽到在中國發了不義之財的那一小撮兒人親口認帳——此前從來沒有過。

「該知道的你也知道了，那麼你是不是可以……」李牧光滿臉漲紅地問我。

我瞇著眼睛看了看他，緩緩地把那枚金鎖拿出來，咚地一聲拍在桌上。然後，我儘量鏗鏘地對自己做了個評價：「我這個人吧，缺點是做人的底線偏低，但優點是還有點兒底線。」

李牧光反而笑了：「真沒想到，咱們倆的交情這麼不牢靠。」

「在這種事兒上你跟我扯交情，本來就顯得居心叵測。」我用賈惜春的台詞反詰他，「我清清白白一個人，不想被你這樣的人帶壞了。」

我的態度不僅堅決，而且頗有幾分豪壯。按照我的腳本，李牧光應該窘迫地、恥辱地離開，或者當場撕破臉，對我大發雷霆也可以。而不管哪種情況，我都將會成為某種意義上的勝利者——就像上中學時戒除手淫一樣，哪怕滿腦子裡肉體橫飛，可我最終「守住了也就光榮了」。

但沒想到，李牧光非但屁股紋絲不動，而且把身子往椅背上一靠，坐得更加舒展了。他又點上了一顆菸，透過濃郁的煙霧似笑非笑地打量著我。他的神色反倒讓我不由自主地感到了虛弱，並且對剛才的那番表態自我反省了起來：我有想像中的那麼昂然而堅定嗎？我把李牧光「崩兒」回去，是出於自己的本意嗎？另外，難不成我在潛移默化中受到了安小男的洗腦，因此處事態度也開始「安小男化」了？

我正在顛三倒四地躊躇著，李牧光卻幽幽地撇過來一句話：「就算咱們兩個人的交情不值什麼，你還是要考慮一下三個人的交情嘛。」

「怎麼成了三個人的事兒……還有誰？」

「你表妹林琳啊。」他輕巧地說。

我的眼睛彷彿往外鼓了一鼓：「跟她有什麼關係？」

「我們已經結婚了，就在我上次回美國的期間。」李牧光再次對我親熱地笑了，「論起親戚來，我現在得管你叫表舅子了，難道林琳沒告訴過你嗎？」

沒想到會插進來這麼一個突然性的消息，我的頭都大了，猛地抓住了李牧光的衣領子：「她從來沒跟我提過……這丫頭只跟我說過，她正在斯坦福大學讀博士。你媽的王八蛋，居然敢勾引我表妹。」

「都是一家人了，別把話說得那麼難聽。」李牧光把我的手撥開，臉卻湊得離我更近了，「再說我也沒勾引她啊，是你表妹自己來找我的，她哭著喊著想嫁給我，攔都攔不住。」

「別扯淡了，我表妹是個女學霸，她怎麼可能看上你這種暴發戶。」

「可我是個國際暴發戶啊，擁有美國國籍。」李牧光說，「說白了吧，林琳除了一門心思念書之外，還一門心思想留在美國，而她的留學簽證又馬上就要到期了，所以她突然找到我，想要跟我假結婚——你也不要太吃驚，這種事情很常見，唐人街還有專門的仲介在做這種生意呢，只不過給留學生們介紹的都是美國孤寡老人。所以說，哪怕是名義上的丈夫，林琳能找上我還算不錯呢，且不提錢，哥們兒起碼體健貌端，比那些肯德基上校似的洋老頭兒可強多了。」

難道不找他李牧光，我表妹就要嫁給肯德基上校和麥當勞叔叔嗎？我憋著口氣說：「照你的說法，你娶了她還是幫她的忙啦？」

「這首先當然是看在你的面子上嘍。而且我也不是白幫忙，如果林琳成了我的妻子，我可以用她的名義開個銀行戶頭，用來處理我的那些……款項。她家底清白，無論是中國還是美國政府都不會懷疑到她頭上。」李牧光說，「還是說回你表妹的情況吧。我再給你普普法，按照美國的現行規定，結婚之後必須通過兩年的審核期而不被移民局發現破綻，她才能拿到獨立綠卡。而這期間如果我向美國政府揭發她，會發生什麼情況呢？對於我這個美國人來說無非是罰點兒款，大不了再交點兒律師費罷了，而她呢，驅逐出境都是輕的，並且還有可能因為婚姻欺詐而被判一年監禁——你可以自己到網上去查，最近有一撥兒串通美國水兵假結婚的東歐女人就被這麼處理了，這案子在美國很有名。」

我都快聽不下去了：「李牧光，你他媽的威脅我是不是？」

「我是想提醒你血濃於水，不過你要是把這理解為要挾也無所謂。」說到這兒，李牧光終於露出了優雅的、全然無恥的笑容，「我知道我的做法有點兒不地道，但對於你來說，眼下的當務之急應該是和我這個妹夫搞好關係，否則你表妹的苦日子可就來了。試想林琳要是真坐了牢，你們一家人尤其是你姥爺得有多傷心啊……據我所知他老人家都八十多了，這兩年身體還不太好。而我想讓你做的事也並不難，你對安小男有恩，他又把你看成唯一的——朋友，你的話他一定聽得進去。」

接著，李牧光伸出兩根指頭，輕柔地推著那枚長命鎖，讓它像一隻金光燦燦的小烏龜一樣爬到了我的近前。我低頭盯著那坨金子，看得頭暈目眩，而李牧光卻拍了拍我的肩膀，再沒說什麼就走了。

那天回家之後，我所做的第一件事就是嘗試著聯繫林琳，但她在美國的手機居然停機了，再打她在斯坦福附近租住的公寓電話，一個外國老太太告訴我，她幾個月之前就搬走了。於是我又去找林琳她爸，我的前姨父。這兒要補充一句，我表妹的父母早就離婚了，她爸娶了自己的女祕書，她媽沒過多久就心肌梗塞去世了，我們一家人都認為林琳她媽是被她爸給氣死的。

而那位老花花公子對女兒的情況知道得比我還少，他連林琳進了哪所大學讀博士都沒搞清楚：

「她在斯坦福嗎……這麼說我女兒和克林頓的女兒還是校友吶。」

「嗯，您和克林頓也有相同的愛好。」我說。

把親戚們問了一圈兒，居然是從我姥爺家固話的來電顯示裡找到了林琳的新手機號碼。她曾經給我姥爺打過一個電話，也沒提她結婚的事兒，只是簡短地問了個安。但或許是「隔輩親」的心靈感應吧，我姥爺一口咬定林琳是心事重重的，並讓我一定要勸她「凡事看開點兒，實在不行就回來」。我哼哼哈哈地答應著，出門用手機撥通了林琳的電話。

電話通了，中國的傍晚連接了美國的黎明。林琳半晌才開口，她這一次沒叫我「怪胎」，也沒叫我「混混兒」，而是低低地喚了一聲：

「哥。」

記得我最後一次見到林琳，還是在機場送她去留學呢，那時她還是個俏皮的小甜姐兒，臨走前狠狠地扯住我的耳朵揪了一記。而現在，她連個招呼也沒打，就把自己給嫁了。我也沉默了一會兒，才說：「才知道你結婚的事兒，但你別指望我會恭喜你。」

「李牧光告訴你了？」

「嫁得好呀，挑了個有錢的主兒。」

「你應該知道，我和他結婚可不是為了錢。」林琳的口氣隨著我一起變冷了，「再說他對婚前財產做過了公證，就算我們離了，我也分不到他一毛錢。」

「只為了個美國戶口，就把自個兒嫁了？」

「可以這麼說。美國經濟不景氣，大學和研究所的預算都削減了一大截，我熬了八年才熬到一個博士學位，可還是找不到工作，要想繼續留下也只能通過結婚辦個身分了……比起雇來的人，你這個同學還算靠得住，更重要的是願意幫我的忙……我想，乾脆就別浪費時間了。」

林琳的話讓我想起了當初她與安小男的那場約會鬧劇。「別浪費時間」，那時候她也是這麼說的。她到底是聰明還是傻呀。

我問她：「然後你允許他使用你的名字去開帳戶什麼的？」

「反正我名下也沒錢，隨他怎麼使去。」

「你這是圖什麼呀？混不下去了回來不就得了嗎？」我惡狠狠地說，「是不是人一到那邊腦子都變笨了？現在不比以前了，美國有的中國也有，這邊兒掙錢的機會沒準兒比那邊兒還要多呢。別跟我說你是為了民主自由才死乞白賴留在那兒的，在國內的時候也沒見你好過那一口兒……」

林琳卻沒跟我吵，而是緩緩地對我說：「我也有我的難處。家裡的情況是一方面，我沒媽了，爸也等於沒有了，當初之所以決心要走，就是這個原因。其實快畢業的時候也不是沒想過回國，但事到臨頭又猶豫了。我已經不年輕了，回去的話得重新習慣中國的空氣、交通，得重新學習那些明規則潛規則還有想想就讓人頭疼的人際關係，還得打起精神來和那些比我年輕得多的孩子們競爭，這對我來說實在是太難了……我是個兩頭不靠的人，如果回去的話仍然沒找到出路，那就算徹底失敗了，可我承受不了失敗，只能硬著頭皮在美國扛下去……站在我的處境想一想，你說我還能有什麼辦法？」

說著說著，林琳就抽泣了兩聲。我和她隔著一個太平洋，卻彷彿看到了她的眼淚亮晶晶地滑落了下來。我又想起了我們小的時候，因為家裡大人都忙，一到寒暑假就被送到姥爺家相依為命。那時候林琳老和我大吵大鬧，還曾經為了半根糖葫蘆把我的臉撓出過一片血道子，但我要是真的煩她了，不跟她說話了，她就會一聲不吭地跟在我身後，臉上默默地滾著淚水。她說我不理她就是欺負她。

我的鼻子一酸，對林琳說：「不管怎麼說你也是我妹。如果李牧光趁機欺負你，你就告訴我，我他媽坐著飛機到美國跟他拚命去。」

林琳更加響亮地抽了抽鼻子，想對我格格笑兩聲，但卻完全笑跑了調。她又說：「別擔心我和李牧光的關係。假結婚嘛，我們只是走了個手續，其實還是互不相干，更沒在一塊兒住。我已經搬到了西雅圖，在這邊的大學裡找了份短期代課的工作，而且跟他說好了，一旦拿到綠卡，就跟他離婚。」

我愕然了一下：「你還挺堅貞。」

「我只是求他幫忙，但絕不想把這事兒變成賣淫。」林琳說。

7

再引申一下我對李牧光所說的那句自我評價：假如我這人的優點是還有點兒底線，那麼缺點卻是底線偏軟，隨便被什麼外力一捅，往往便湯湯水水、烏七八糟地漏了一地。既然不僅低而且軟，那麼再奢談底線不僅形同放屁，而且還會給自己帶來許多不必要的困擾。和李牧光的那番對峙反倒令我更加明確了這個道理，因此受他之命去說服安小男的時候，我儘量把自己調整成了漠然的、就事論事的心態。我一再提醒自己不要再被安小男的情緒所蠱惑。

隨著北京路面的大拆大建，上地那地方幾乎變得令我認不出來了。原先窄小、坑窪的柏油路被大幅度拓寬，路邊新增了許多奇形怪狀的建築，有一棟大樓竟然像是正在緩緩降落的飛碟。越來越多的高科技公司把總部搬到了這裡，原先的那些近郊農民則搖身一變成了房東，和新遷入的外來者們既互相羨慕又互相蔑視著。安小男所在的那幢寫字樓顯得舊了一些，但他的辦公環境卻經過了擴充和改造，面積達到了一百多平方米，儼然是個相當正規的跨國企業駐華辦事處了。毛玻璃門上懸掛著李牧光公司的名頭，屋裡的空間分成兩塊，一塊仍是聯通著美國倉庫的值班室，另一塊則是「產品研發部」，還新雇了兩個技術員，在安小男的帶領下對監控設備做進一步的調試。

我推門走進辦公室的時候，安小男正舉著一只攝像頭，對一個二十多歲的小夥子講解著什麼。這場面倒令我對完成任務有了信心：看起來他仍然是很在乎這個飯碗的。而當安小男扭過頭來，我們的見面還是不免尷尬——畢竟相互冷落了不少日子，這時都不知道該怎麼打招呼了。

我搓了搓手，訕笑道：「正好到這邊來辦事，想到好久沒見你了……」

「我挺好。」安小男僵著臉說，「你也挺好？」

「瞧瞧你，真像個領導了。」

「賣出去的產品得做售後，李牧光怕我一個人忙不過來，就又找了兩個幫忙的。」安小男放下手裡的東西，抄起工作檯上的外套說，「這兒太亂，咱們到樓下的咖啡館聊吧。」

「不用專門招待我，給我杯白水就行……」

他卻沒理我，徑直領我走出了辦公室，來到電梯間。鐵門合攏，短暫的失重感從下半身襲來，他忽然又說：「我懷疑那些人是李牧光派來監視我的。」

員工和老闆之間互相提防到了這個地步，所以才會苦了我這個中間人。我感到自己就像三明治裡的那片奶酪，在兩塊麵包之間夾得緊緊的，橫豎躲不過被咬一口的厄運。而醞釀好的那些話卻不知從何說起了。

在咖啡館裡坐定之後，安小男直接拋過來一句：「你也是李牧光請來的吧？」

他再怎麼不通人情世故，但果然還是個聰明人。我坦誠地點了點頭，反問他：「你真在調查李牧光？」

安小男沒說話，這就等於了默認。

我說：「何苦來哉呢？」

「最開始就是因為好奇吧。」安小男說，「你也知道我這人有點兒……怪癖，對什麼事兒都愛刨根問底。」

我問到了關鍵性的地方：「那麼你掌握了什麼……信息了嗎？」

安小男清脆地嘬了一記牙花子[8]：「很抱歉，這就不能告訴你了。」

他那警惕的樣子，明顯是徹底把我當成李牧光的人了。我臉上紅了紅，但也只好硬著頭皮繼續說：「我知道你眼裡揉不得沙子，特別有原則和——道德。我這個人呢，沒什麼骨氣，但是非好歹還是分得清楚的，所以能和你做朋友，我感到很榮幸。但我也想問你一個問題——假如世道真的出了問題，我們又能怎麼辦呢？跟丫死磕嗎？那好像也改變不了什麼。人生下來不是為了當鬥士的，我們要吃飯，我們的家人也要吃飯，能當個好兒子、好丈夫和好爹就已經不容易了。讓李牧光他們那些人富去吧，反正他們黑的是全國人民的錢，平攤到咱們頭上頂多相當於倆鋼鏰兒掉下水道裡了，不值得心疼。再說個你舉過的例子，咱們學校電腦城樓頂上的那圈兒燈，它就算不合格，大樓不還在那兒戳著麼？可見個人覺得天大的事兒，其實並不影響世界照轉……」

「處在你這個位置，當然可以事不關己高高掛起了。」安小男突然打斷我，「但你有沒有想過，一旦李牧光那樣的人禍害到我們頭上會怎麼樣？誰能承受得起啊？」

「你……具體指的是什麼呢？」

安小男說：「上次參加完你婚禮之後，我也用你的話勸過自己，但事情隨後的進展讓我忍不下去了。你知道他在H市的廠子選定了哪塊地址嗎？就是我媽現在住的那片宿舍區。政府早就想要拿那塊地方開發房地產了，正愁找不到由頭，恰好他的項目就來了。他們的計畫是把附近幾平方公里的民房統統拆掉，一小部分用來建科技產業園，其餘的都蓋成商品樓往外賣。至

8 牙花子：牙齦，牙根肉。

於以前住在那裡的退休工人，只能被趕到郊區的安置房裡去，那裡基本上就是一片孤零零的荒地，連公共汽車都不通，上醫院要徒步走上十幾公里。這些老工人招誰惹誰了？他們苦哈哈地幹了一輩子，許多人都落下了一身病，結果卻像沒用的牲口一樣被趕出家門自生自滅……而這都是因為李牧光……」

原來還有這樣一層關係。大約安小男想做的事，是找出破綻並停掉李牧光的投資項目，從而保全那一片老宿舍區。我躲著他的眼睛，繼續找著說辭：「拆遷的事情對你的影響其實並不大。你現在的收入不低，完全可以給你媽在H市城區買一套像樣的房子，哪怕就是接到北京來也行，這邊的醫療條件更好。如果手頭實在緊的話，我還可以替你去跟李牧光談談……」

「但我們家的那些鄰居呢？」安小男再次打斷了我，「我能管我媽，誰來管他們呀？我爸死得早，我媽的身體又不好，自從我們退掉了以前的房子，搬到那片宿舍區，就一直受到鄰居們的照顧。記得高考之前我從樓梯上滾下來摔折了腿，還是鄰居們用三輪車把我拉到考場的。現在我是不為錢發愁了，但卻把他們拋下不管，這道德嗎？」

安小男再次說出了「道德」這個字眼，但這一次，質問的對象卻變成了他自己。他的手臂橫放在桌子上，面前那杯一口沒動的咖啡裡，泛起了一圈又一圈的漣漪。他的眼眶也空洞地撐大了一圈兒，好像突然墜入黑暗之中的夜盲症患者。這時我的心裡已經很清楚，對這個狀態的人是沒法「講理」了。或者說，我這種人根本沒資格與他理論。

可是李牧光不容我退縮回去。我今天出門之前，還接到了他的電話：「等著你的好消息。」然後他又對我說，美國移民局已經開始對他和林琳的婚姻進行核實審查了。於是，我換上了那種飽含感情但實則無賴的口吻：「安小男，我對你也不錯吧。」

「你對我有恩，這我忘不了。」他簡短地說。

「那麼我求你為我考慮一次，就權當是你報答我了好不好？」在羞愧和感傷的雙重情緒下，我的嗓子居然哽咽了。這到底是真情流露，還是在進行某種誇張的表演呢？我本人也說不清楚。接著，我就把我表妹林琳和李牧光的那場非事實婚姻告訴了安小男。如果李牧光不高興了，便會把林琳送進監獄，他真有這樣的權力，也有這種狠勁兒。講完之後，我又補充道：「林琳你還記得吧？這麼多年以來，只有一個女孩曾經表示喜歡過你，那就是她。」

安小男半張著嘴，點了點頭。

「我知道這是個不情之請，也知道我的要求不那麼……道德。」我接著說，「但我實在沒辦法了。今天這件事提得太突然，我不指望你能現在就答覆我，只希望你再做什麼事情的時候，還記著有我這麼個朋友，好嗎？」

說完，我就低下了頭，看著自己面前那半杯咖啡裡的漣漪。水波一圈又一圈兒地擴大，彷佛地球正在蠕動。在斯皮爾伯格[9]的電影裡，這樣的波紋總是預兆著什麼驚天動地的危險，比如將會躥出一頭恐龍，或者火山快要噴發了。然而很遺憾，時間不知過去了多久，當我恍然地抬起頭來，安小男還是我對面那個木然的安小男。我們的世界未曾發生任何改變。

我嘆了口氣，欠起身來叫服務員結帳。但這時，安小男卻擺了擺手，示意我繼續坐下。他乾啞、遲疑地開了口：「有件事我也一直想告訴你，但始終沒說……是關於我爸的。」

我疑惑了一下：「我見過他的照片……」

「搬到現在那片宿舍區之前，我們三口人住在當地一家建築公司的家屬院兒裡，我爸是那單位的土木工程師。」安小男斷斷續續地講了起來，聲如銼鐵，但音調悠遠，「記得十歲以前，家裡的日子還是挺好過的，福利好，房子大，更沒為錢犯過難。因為有個設計方案受到了省裡領導的表揚，我爸很年輕就被提拔成了公司的副總，但沒想到厄運從此就來了。以前他只管埋頭畫圖紙，並不過問工程的具體進度，但進了管理層之後，卻發現公司的幾個領導沒有一個不貪的。他們把鋼筋的標號降低，用來路不明的劣質水泥代替品牌貨，居然連地基的深度也敢改，剋扣下來的錢都揣進個人腰包裡了。那些人還拉我爸入夥，表示可以把贓款分給他一部分，我爸不敢答應，他們先是笑話他傻，後來還集體排擠他……這也好理解，假如所有人都在貪的話，不貪的那個就破壞了生態，成了眾矢之的。為了避開這些人，我爸提出不再參與公司層面的決策，回到原來的崗位上繼續畫圖紙，但那些人仍然沒放過他……後來終於出事兒了，他們公司承建的一個會展中心發生了垮塌，砸死了幾個工人。事故的原因是使用了不合格的建築材料，可那幾個領導卻買通了監察部門，還走了上層關係，硬把責任扣到了我爸頭上，說是他的設計方案不合理導致的。我爸被就地免職，還被公安局的人監控了起來，死者的家屬也一天到晚上門來鬧，說要讓他一命還一命，我和我媽連家門也不敢出……」

咖啡杯裡的漣漪忽然停了。安小男的身體離開了桌子，直直地靠在了沙發座的椅背上。他閉上了眼睛，我張了張嘴卻沒發出聲音。

漫長的幾秒鐘之後，安小男重新開始說話：「剛才講的那些，是我後來才聽說的事實。而我記得最清楚的，還是最後一次見到我爸時的情形。當時是晚上，我正趴在客廳的餐桌上做奧數題，看見我爸打開他書房的門走了出來。自從出了那件事，他在幾天之內老了十幾歲，連頭髮都白了大半，在日光燈下銀光閃閃的。我抬頭望望我爸，沒敢說話，我爸卻破天荒地朝我笑了笑，低頭看看作業本，問我學到了哪一課，有什麼不明白的東西沒有。我就一道題接著一道題地對他講了起來，他歪著腦袋好像在聽。等我講完了，我爸忽然俯下身子抱住了我，問了

9 台譯為史蒂芬．史匹柏（Steven Allan Spielberg）。

我一句和數學題不相干的話。他說：他們那些人怎麼能這麼沒有道德呢？這個問題我根本聽不懂，當然沒法回答，而我爸說完，就慢慢地走出了家門。他走得彎腰駝背，連頭也沒有回……二十分鐘之後，單位保安敲我們家門，告訴我媽，我爸從十九層辦公樓的頂端跳下去了。」

說到這兒，安小男再次閉上了眼，如同正襟危坐地睡覺。無須他再做什麼解釋，我已經明白了他的意思，甚而可以說終於明白了他這個人。他爸那句關於「道德」的感慨如同天問，在安小男的心裡種下了纏擾畢生的魔咒。從此他一直致力於求解那道難題，彷彿一旦解開，父親就能死得其所。

「剛開始我和我媽一樣，恨的只是我爸生前的那些領導和同事。但後來漸漸就變了，我覺得我爸所說的『他們』並不是那幾個具體的人，而是世界上的所有人；我爸講到的『道德』也不是一件事情上的對與錯，而是籠罩著整個兒地球的神祕理念。但道德究竟是什麼呢？它既然那麼重要，為什麼又會被人輕而易舉地忘卻和拋棄呢？一看到這個詞我就想哭，一說到這個詞我的心就會發抖，在我看來，我爸不是死於自殺也不是被人害死的，他是為一個浩浩蕩蕩的宏大謎團殉葬了……為了解開這個謎，我曾經求助於歷史和人文學科，可最後還是失敗了。你還記得我寫過的那篇文章嗎？我在裡面說中國人已經沒有道德可言了，但那只是在承認失敗，是為了讓自己認命。其實我不是那麼想的，因為那種痛徹骨髓的感覺仍然存在。在沒有道德的社會裡，怎麼會有人為了道德而疼痛呢……」

這時，安小男神態毫無過渡地變得暴烈，他的一隻手還在胸口撕扯著，手肘撞到了桌角發出悶響，使得咖啡中的漣漪變成了海浪，熱騰騰地潑了出來。接著，安小男便哭了，頭兩聲淒厲如狼嚎，被鄰桌的兩個女孩驚異地看了一眼之後，就變成了汩汩不息的嗚咽。他的眼淚在臉上奔湧著，像個受了天大委屈的孩子。

這人幾乎完全失控了。我趕緊掏出張鈔票壓在杯子底下，走到桌子對面，試圖扶著他站起來。我們撕扯掙扎了一會兒，才踉踉蹌蹌走出了咖啡館。馬路上是明朗的豔陽天，鋪天蓋地的光線之中，卡車揚起的塵埃像海裡的微生物一樣漂浮著。一家飯館裡走出了三個同樣腳下拌蒜的男人，他們中的那個胖子喝多了，正豪邁地發表演講，嘔吐物就順著他的嘴洶湧地漫過了胸膛。一個小個子男人被胖子夾在腋下，同病相憐地對我投來一笑。

「怎麼有人活得那麼容易，有人就活得那麼難呢……」安小男已經哭得渾身抽搐了起來，兩腳在路面上毫無方向地漫舞著。

我沒再和他說話，近乎堅忍地把他架回了「監控室」裡，扶到窄小的單人床上躺下。那兩個小夥子關切地過來詢問，我把他們都推了出去，反手拉上了門，將安小男關在了裡面。整理著被他浸濕揉皺的外套往外走時，我突然想，隨著這次說客任務的結束，我和安小男的友誼也可以壽終正寢了吧。不管他以後是繼續與李牧光為難，還是因為我而隱忍下去，都不是我能夠管得了的事情了。我們已經互相攤了牌，他不可能再對我這種混混兒高看一眼，我也無法理解一個幼年喪父之人的創痛。我們從骨子裡就不是一條道兒上的人，道不同不相為謀。

但晚上回到家，躺在床上之後，我卻還是不由自主地想著安小男這個人。在我看來，他雖然口口聲聲地宣稱著「道德」，然而他是否能對這個詞彙做出一個哪怕是個人主觀意義上的定義呢？恐怕是做不到的。他敵視李牧光的「道德」和本科時怒斥商教授的「道德」是一碼事嗎？這兩者是否又和他拒絕銀行行長的「道德」一脈相承？安小男想必給不出答案。「道德」讓他在二十年來備受煎熬，卻又在他的腦海中長久地面目模糊。雖然他曾經用他那理科天才的大腦去剖析研究過它，但歸根結底不過是被他爸死前的一句感慨蠱惑了、催眠了。按照我慣有的那種嘲諷性的、自以為世事洞明的思路，安小男的生活可以被定義為一場怪誕的黑色喜劇，而我也可以一如既往地從幾聲苦澀的冷笑中重新獲得輕鬆。

但我沒能做到。夜已經深了，窗外的天空靜謐、幽深，連風的聲音都沒有。孩子吃飽了奶，和保姆睡在隔壁，小張正靠著枕頭看書，臉色在檯燈下分外光潔。在這安詳得暄軟的氛圍裡，我卻感到了浩大無比的悲愴，彷彿肉體以外的東西都被震成了粉末。

隨後的幾天，我到一家貴金屬商場賣掉了李牧光送的金鎖，又將一份還沒到期的理財產品贖了出來，然後把那些現金換成了美元。如果安小男真的和李牧光決裂的話，那麼我應該提前為林琳做打算。據我所知，美國請律師打官司是很貴的，這點兒錢恐怕還是遠遠不夠，但我能做的似乎也只有這麼多了。

然而日子一天接一天地過去，無論中國還是美國都風平浪靜，並沒有什麼突發消息傳來。一個多月以後，一直沒跟我聯繫過的李牧光終於打來了電話，他的腔調又恢復了原先的志得意滿：

「還是你行，幫了我的大忙了。」

李牧光告訴我，根據多方打探以及安插在公司裡的「眼線」的匯報，安小男已經徹底放棄了對他的調查。不僅如此，安小男的工作態度也比以前更加任勞任怨了，每天除了監視倉庫，就是坐在電腦前廢寢忘食地調試修改那些監控器材的操作程序。隨著他從李牧光的心腹大患變回了左膀右臂，量產版的跨國保安系統定型在即，而H市那片廠區的興建計畫也通過了主管部門的審批，只等著半年以後正式開工了。「現在還有一點小小的麻煩，以前那些居民不想搬走，糾集起來靜坐示威了幾次。但是梅花歡喜漫天雪，凍死蒼蠅未足奇，」美國人李牧光居然引用了兩句毛主席詩詞，「這些小打小鬧能成什麼氣候？在你們國家，政府決定的事情是不能阻擋的，大不了抓幾個判幾個，推土機就轟隆隆地開過去了。」

接著，他專門提到了我的表妹：林琳已經拿到了婚內綠卡，一年多以後就可以升級為獨立綠卡，有資格在美國定居下來。屆時他也將信守承諾，和林琳離婚。至於我，他表示已經和H市內的一家文化公司達成協議，拍攝一部宣傳他這個「華人企業家」的專題片，並請我擔任導演：「費用你可以隨便提。」

「另請高明吧，我手頭還有倆別的片子沒剪完。」我說。

「你掛名也行……我就是想謝謝你。」李牧光故技重施地說，「你要不答應就是看不起我。」

「那不敢，我他媽配看不起誰呀。」我不由自主地衰頹了下去。

與我相反，李牧光的聲調陡然高亢了起來：「你也不必跟我打馬虎眼，我知道你是怎麼想的。你覺得我的錢來得不乾淨，覺得我這人不那麼……道德，對不對？這些我都承認，但我還想向你說明一點，錢來得不乾淨不等於用得不乾淨，更不等於以後永遠來得不乾淨。佛教裡不是還說放下屠刀立地成佛嗎？還有西方那些倍兒光明倍兒燦爛動不動就繃著塊兒維護普世價值的國家，不也是從羊吃人從奴隸貿易幹起來的嗎？所以別糾纏於我以前幹了什麼，還得看看我以後會幹什麼。一直以來，我就想找一個合適的項目，把手頭的錢投到光明正大的生意裡去，我虧過本也被人騙過，現在總算抓住了機會……當然這還得感謝安小男。為了生產監控設備，我已經註冊了新公司，等它一旦開始盈利，我就不是從前的我了，我會變成下一個比爾·蓋茨、喬布斯和扎克伯格……」

李牧光說得如此誠懇，如此夢幻，彷彿手中握有不容辯駁的信念與真理。但我的腦子更亂了，同時還感到了累，累得連聽人說話都成了一種莫大的負擔。我嘟囔了一句：「隨你大小便吧……反正我是不想摻和你們的事兒了。」說完便掛了電話。

就此，我與安小男和李牧光都斷了往來，而他們也不約而同地沒再打攪我的生活。隨後的一段日子裡，我的工作也發生了一些變化。我放棄了「體制內」的身分，從電視台的節目製作中心跳槽到了一家才上線沒多久的視頻網站。新東家並沒有給我提供更高的工資和製作經費，但卻不會粗暴地干涉我的拍攝題材。很多過去一直醞釀著的構思終於得以實施，居然在小範圍內獲得了不錯的聲譽。與此同時，我的兒子也在茁壯成長，當我在外地拍片子的時候，小張會打開結婚時安小男贈送的那套微縮版的監控設備，讓兒子在攝像頭前為我表演種種人類奇觀：翻身、打哈欠、亂哭亂叫、第一次坐立，第一次嘗試爬行，第一次學大人做鬼臉……

在這種時刻，我才會想起那兩個曾經的朋友。半年的時間一眨眼便快過去了，H市的科技園是不是即將正式動工了呢？看來老宿舍區已經無可避免地面臨拆遷，而安小男終於沒有做出讓李牧光擔心的舉動。他是徹底無能為力了呢，還是被我說服了？我的「恩情」能對他起得了那麼大的作用嗎？也不知為何，我總是隱隱覺得我們三個的事情還沒完，就像人已散曲未終，仍然有一股潛流在我們之間流淌，醞釀著衝出地表的爆發。

雖然早有預感，但那一天終於來臨時，還是讓人猝不及防。當時是中秋節前後，我正帶著劇組在江蘇拍攝化工廠排汙造成的海鳥滅絕，突然接到了李牧光的電話。這一次，他一句寒暄也沒有，劈頭就問：「安小男去哪兒了？」

我反問他：「他不是在你公司上班嗎，你問我幹嗎？」

「他跑了，一個招呼也沒打，我讓人找了好幾天都沒找到。」李牧光咬牙切齒地說，「說實話，是不是你把他藏起來的？」

我突然火了：「你他媽什麼意思？他在的時候你找我，他不見了你還找我？我又不是專業給你擦屁股的。」

「反正我要是出了事兒，你表妹就別想在美國待下去了。」李牧光又罵了句髒話，摔了電話。

我一頭霧水，同時心裡窩火，但還是從手機電話簿裡找出安小男的號碼，撥了過去。電話沒通，一個電子娘們兒告訴我：「您所撥打的電話已停機。」

這之後的兩天，我心裡一直都是惶惶然的。而到了第三天，小張突然也打了一個電話過來。她還沒開口卻先嗚咽了兩嗓子，然後喊叫著讓我立刻回家。

我還以為是兒子生了病呢，便道：「別怕別怕，有事兒慢慢說。」

「你在外面得罪什麼人了？要不就是安小男，他幹嗎要連累你？」小張說。

我心裡咯噔一下：「到底怎麼了？」

小張順了幾口氣，才把事情說清楚。原來就在剛才，有三個東北口音的男人來我們家敲門，聲稱是網站派來給我送月餅的，沒想到小張才一開門，他們就闖進屋裡來，不僅把每個房間都逛了一遍，還惡狠狠地問我們「把安小男藏到哪兒了」。這幾個男人雖然沒有身穿整齊劃一的黑西裝，但是有的剃著個大光頭，有的領口底下露出一根龍或者帶魚的尾巴，看起來很像「道兒上」的人。小張自然被嚇得魂不附體，抱著兒子只是搖頭。好在小區的物業恰好上來收物業費，他們才一聲不吭地走了。

我費了好大口舌讓小張放心，又建議把她姐叫到家裡住兩天，總算把她安撫下來。隨後我又給安小男打電話，但仍然是停機。這個時候，我已經猜到了什麼，便克服著煩躁又給李牧光打，沒想到他的電話也關了，聽筒裡傳出一片忙音。

兩個人都找不著了，讓我像沒頭蒼蠅飛進了微波爐，沉浸在隨時會被烤熟的危機感之中。這一天剩下的時間裡，我也無心幹活兒了，草草讓大家收了工，把自己憋在賓館裡坐一會兒，臥一會兒，又打開電腦到網上溜達一會兒，總之是安生不下來。一晃到了晚上九點多鐘，一條已經被轉發了兩萬多次的微博輾轉出現在我的頁面上，標題像所有熱門消息一樣聳人聽聞：貪官家族轉移財產，芭比娃娃慘遭肢解。內容則是一組連環畫似的高清照片，圖中的男人在大部分時間裡側對著鏡頭，只露了半張臉；他從貨架上搬下了一箱玩具，拿出裡面的數十個芭比娃娃，然後粗暴地扭斷了她們的脊椎，導致她們的胳膊腿散落一地。從娃娃們的腹腔裡，則掏出了一捆一捆的鈔票，估摸是大面額的美元，此外居然還有十來根金條……圖下配了說明，指出這組照片是在美國洛杉磯的一家倉庫裡拍到的，照片裡的主人公名叫李牧光，身分既是美國人，又是一名東北國企退休領導的兒子。我又放大一張圖片看了看，在右下角的角落裡，發現了截屏過程中留下的時間標記。照片拍攝在幾個月以前，正是李牧光對安小男最為寢食難安、提心吊膽的那個階段。具體時刻則是中國的黎明、美國的傍晚，倉庫裡的美國搬運工人已經下班離開，中國電腦屏幕前的安小男又還沒有上班。在不是人來人往就是被攝像頭嚴密監控的倉庫裡，只有這段時間是個空檔。

微博是用「天眼」這個網名發出的，一經推送便呈幾何級數擴散。網友們除了一如既往地調侃、罵街，還人肉出了李牧光及其家人的各種背景資料，並推理再現了他們利用玩具貿易洗錢的全過程：隨著我們國家反腐力度的加強，領導幹部的帳號已經被嚴密監控，這使得他們不敢再像過去那樣通過金融渠道大搖大擺地轉移資產，手裡的錢也成了燙手的山芋；比起那些把現金在家裡堆積如山、放到發霉的貪官們，李牧光一家的手法倒是獨闢蹊徑，他們在國內把錢和金條塞進了即將出口的玩具體內，再把這些玩具的批次和箱號告訴李牧光，一旦在美國接了貨，剩下的事情就方便了。這麼幹不光安全隱蔽，而且還省去了被洗錢機構抽頭的煩惱呢。

不出所料，安小男終於「出手」了。李牧光費盡心力地要挾我去說服他，只不過把事情往後拖延了不到半年而已。H市的科技園用地應該還沒有正式開工吧？考慮到這樁醜聞的惡劣影響，那個項目八成是會被臨時叫停的，老宿舍區從而也避免了拆遷。至於跑到我家去找安小男的那些男人，我倒認為不太可能是李牧光指使的，而是他爸或者哪個氣急敗壞的叔叔伯伯所為。他們這麼做，當然是想用威脅的方法逼迫安小男刪掉微博，但這個想法卻太幼稚，太不瞭解今天的互聯網了。一條信息只要發出，就會和它的主人毫無關係，它更像是游弋在宇宙中的一顆彗星，到底是在茫茫的時空裡銷聲匿跡，還是天崩地裂地把地球撞出一個大洞，都不是人能夠決定的了。

而我隨後的一個反應，則是得趕緊去一趟美國。在事情的連鎖反應裡，林琳是那條被殃及的池魚，就算救不了她，我也要看她一眼。

8

這幾十年以來，最多中國人前往的國家就是美國了。無數有志之士像不遠萬里前去交配的信天翁一樣飛越太平洋，搖身一變成了遍地菁英或者遍地土鱉。然而「去美國」這個行為卻又存在著一個悖論：最多人去的地方有可能是最難去的地方，甚至要比越獄還難。因為那裡不是中國的旅遊目的地國家，我申請下來護照之後還得到大使館面前，結果沒聊兩句就被「斃」了，原因是我聲稱前去遊覽，卻說不出幾個風景名勝，支支吾吾了半天才憋出了一句「要看湖人隊的比賽」。對面那洋人和藹地告訴我：

「在家看轉播吧。」

但我總不能告訴他們，我表妹馬上就要坐美國的牢了，我是去試圖營救她的。排在我前面的一個老頭兒更活該，他被兒子兒媳叫過去看孩子，可提出申請理由的時候不說「我孫子在美國」或者「我孫子是美國人」，而是說：「美國人是我孫子。」這種故意顛倒的語序讓精通中文的簽證官大為不爽，隨便扣了頂「有移民傾向」的帽子便攆了出來。

老頭兒一邊往外走一邊憤憤地說：「孫子才想當美國人呢。」

經此一拖，時間又過去了一個月。這期間我著急上火，又給安小男、李牧光和林琳輪番打了無數個電話，但卻一個人也找不著。我還開車奔波幾百里，去了一趟安小男在H市的家，可把門拍得山響又在樓道裡守了大半天，也沒見著半個人影。後來還是一個穿著秋褲出門倒垃圾的鄰居告訴我，安小男好像悄悄回來過一趟，連夜把他媽接走了。至於去了哪兒，就沒人知道了。

「他是不是欠債了？除了你之外，還有幾個東北人來找過他，模樣凶得很。」鄰居唏噓道，「這孩子小時候多老實啊，怎麼看也不像出格的人……」

我無法解釋，便岔開話題又問：「這片兒不拆遷了？」

「你也聽說了？拆遷公司都進駐了，但又突然停了。」穿秋褲的大叔說，「為了這事兒，我們還在樓道口放了掛炮呢。」

微博事件正在飛速發酵，不久之後網上有了正式的消息，李牧光他爸已被「雙規」[10]並接受調查，而他本人卻憑藉美國國籍繼續逍遙法外；由於中美兩國尚未簽訂引渡條款，流失的國有資產被追回的希望非常渺茫。這條新聞也讓人們對那些給外國人當了爹的官員們產生了更大的憤怒。到了那年冬天，事情總算有了轉機。我拐彎抹角地聯繫上了同樣定居美國、正在波士頓「中美文化交流中心」供職的前女友郭雨燕，請她把我塞進了一個「文物保護考察團」的名單裡。於是再次面對簽證官的時候，我的理由就變成了「到你們國家看看我們的寶貝」。

也是有緣，在這個考察團裡同行的還有一位故人，正是歷史系的商教授。此人與時俱進，最近靠「歪批歷史」從電視明星轉型成了網絡紅人，因而輕佻的風格愈演愈烈。自打坐進飛機的

10 雙規：紀檢部門的特殊調查手段，讓腐敗幹部在規定時間規定地點交代問題。

頭等艙，他就招貓遞狗地和空姐打哈哈，唯恐別人認不出他來，浪費了胸前那杆「萬寶龍」簽字筆。聽說我這個過去的學生混成了導演以後，他還屈尊紆貴地蒞臨了一簾之隔的經濟艙，和我探討了許多九〇後才感興趣的時新話題，並隱晦地暗示我，可以把范增、余秋雨和他並列在一起，拍攝一套名為「當代大儒」的傳記片。

飛機已經升空，我們的屁股下面是浩瀚的太平洋。看著這位在三萬英尺高空亂舞的恩師，我驀然生出了何似在人間的荒謬感。商教授侃得興起，我忽然打斷他問道：

「您還記得安小男嗎？」

「記得記得。」商教授熱忱地呼應著我，「也是媒體圈兒的對吧？我還看過他對文懷沙做的訪談，問題問得特犀利……你們是不是老管他叫小安子？」

除了外號，沒有一樣對得上的。我苦笑了一聲，沒再搭茬。誰想商教授卻又反過來問我：

「對了，你們那些同學裡，是不是還有一個叫李牧光的？」

我瞪大了眼睛：「是啊，您認識他？」

「當然不認識。」商教授擺了擺手，臉上浮現出一絲高深莫測的得意，「前些天突然有網站的『推手』發過來一條微博，讓我轉一下，說的好像就是國企領導往海外轉移資產什麼的。現在這種事還真吸引眼球，我和別的幾個大V[11]動了動鼠標，一轉眼就成了新聞，聽說還在東北那邊揪出來一個窩案……又過了一陣才知道那個李牧光以前也是歷史系的學生，可我怎麼一點兒印象也沒有啊？」

「他從來沒上過課。」

「怪不得。」商教授又說，「後來他們家的親戚還找到了我，說要給我十萬塊錢，讓我把帖子撤了。」

「您答應了嗎？」

商教授昂了昂下巴，憤慨地說：「這些蠢蟲——居然想用一點小錢想收買我，我有那麼無恥嗎？」

萬里奔波到了美國，落地之後的行程倒是非常簡單。我們被拉到一個不知名的小博物館亮了個相，就算完成了出資機構的任務，此後的時間盡可以自由玩耍。商教授在國內當夠了華威先生，到了美國卻執意「追求內心的寧靜」，非要到梭羅隱居過的瓦爾登湖去「度過一個沉思的午後」。他這麼一提議，其他幾條大尾巴狼紛紛響應，而我則趁機脫了隊，先去找郭雨燕。

我的前女友如今住在波士頓郊區的一個小農場裡，她每天要開車去「downtown」上班，是她

11 大V：網絡用語，指在社交網絡平台上獲得個人認證，擁有眾多粉絲的知名用戶。

的白人老公接待了我。這個富裕農民長得像個結結實實的肉球兒，大腦袋下面連接著一根名副其實的紅脖子。他大概聽說了我和郭雨燕以前的關係，對我的態度熱情而又存有芥蒂，一再套我的話，還警告我不要對「swift」存有什麼念頭。可見中國人在美國的名聲也不怎麼樣，幾乎成了亂搞男女關係的代名詞——就像當年的美國人在中國一樣。我被問得潑煩，便用結結巴巴的英文回答他說，我和郭雨燕不僅現在很清白，而且當年也很清白，「連睡都沒睡過一覺，就原裝出口到你這兒來了」。

那傢伙登時放心了，居然還說：「多麼遺憾。」

然後他邀請我一起進行他最喜愛的運動：端著雙筒獵槍到他的農場裡去打土撥鼠。看到那些可愛的嚙齒類動物剛一探頭就被轟得血肉模糊，我實在是膽寒肝兒顫，而郭雨燕的老公卻興奮得又蹦又跳 簡直像個迷戀暴力的呆傻兒童。他還請我喝了地窖裡封存了幾十年的波本威士忌。

好容易等到門外傳來停車的聲音，郭雨燕從一輛巨大的凱迪拉克汽車裡跳了出來。朱顏辭鏡花辭樹，她也和我的大多數女性同齡人一樣，不可避免地顯老了：小狐狸臉上塗著厚重而斑斕的妝，變成了剛遭了三昧真火的狐狸精；一對大胸倒是越發蓬勃，可惜看不出肉的質感，分明是用鋼絲撐起來的。

她進門也不看我，徑直摟著丈夫響亮地接吻。我則直言不諱地用中文問道：「你怎麼找了這麼個二傻子？」

郭雨燕一翻白眼：「你們這幫中國男的又好在哪兒啊——看著倒是一個比一個精，其實成天琢磨的還不是吃虧占便宜那點兒爛事兒？沒勁。」

郭雨燕的老公問：「你們在說什麼呢？」

郭雨燕回答他：「他說你可真是一個tough guy。」

肉球兒鼓著胸脯子說：「那當然。」

接下來，她便談起了我這趟來美國的主要目的。郭雨燕已經在辦公室聯繫了北美地區的幾個中國同學會，打聽到了林琳現在在哪兒：「她已經不在西雅圖了，而是搬到了加利福尼亞……聽說她遇到了麻煩，正在那兒打官司。」

看來最壞的事情還是發生了，我心裡一凜，問：「是移民局把她告了嗎？」

「那倒沒有。移民局的程序不是起訴而是直接遣返。」郭雨燕說，「聽洛杉磯的一個同學說，好像是她把她剛結婚沒多久的老公告了。」

這個信息讓我始料未及。按理說，林琳的綠卡捏在李牧光的手裡，只要對方翻臉，她就完全處於被動地位，拿什麼和人家打官司啊？難不成李牧光在氣急敗壞之餘，還對林琳使用了家庭暴力嗎？這讓我更加揪心了。

還好，郭雨燕雖然對我的態度冷嘲熱諷，但幫起忙來總算熱心。她給了我林琳的新地址，又上網為我訂好了機票，並讓肉球兒開著他的福特皮卡送我去機場。當天晚上，我就從美國的東海岸飛到了西海岸，又換乘了曾經載著傑克．凱魯亞克橫穿大半個美國的「灰狗」巴士，來到了距離洛杉磯城區幾十公里的一個小鎮。

此時天已徹底黑了，鎮上一片寂靜，只有酒吧和中餐館還燈火通明。我循著落滿了闊葉的街道找到了林琳的住處。那是一幢紅磚壘砌的二層小樓，樓前像許多美國人家一樣，有草坪裝點門面。我按了門鈴，一個華人老太太開了門，用粵語問我「雷海冰果」。

接著，像有心靈感應一樣，林琳便從老太太身後的走廊裡走了出來。很沒出息，我的眼睛濕了一下，令她的面貌在瞬間變得模糊。當我眨了眨眼，林琳已經站到了我的面前。她竟然沒什麼變化，還是洋娃娃般的皮膚和又大又黑的眼睛，更讓我意外的，是她的臉上一片笑吟吟的，完全看不出身處水深火熱之中的樣子。

「你現在不是個搞藝術的嗎？怎麼肚子鼓得跟個腐敗幹部似的。」這是我表妹在分別多年之後對我說的第一句話。

「你倒駐顏有術，用了什麼神奇的化妝品嗎？」我說。

「讀書讀的——人在學校裡都不會變老。」林琳說著，便把我領進了她租住的那個小套間。

「我很擔心你。」我進門之後說。

「我知道……謝謝你。」林琳低了低頭，好像抽了抽鼻子，但旋即又笑了，「你來得倒巧，下個星期我就不在這兒了。」

「去哪兒……」

「倫敦。」她說，「還沒來得及告訴你，我已經被帝國理工學院錄取了，準備到那兒去讀為期六年的自動化專業，拿第二個博士學位。」

我驚訝得幾乎跳了起來，簡直覺得她是在存心開玩笑。但是再看看屋裡，的確有幾個大箱子堆放在地板上，外面剩的不過是筆記本電腦和幾件日用品。

我扯著嗓子問：「你不是正在打官司嗎？」

「官司打完了，我勝訴了。」林琳說，「李牧光答應跟我離婚，還賠給我一筆損失費，支付在英國的學費和生活費富富有餘。」

「這到底是怎麼回事兒……我的腦子有點兒亂。」

林琳便又笑了，但這一次，她笑得若有所思：「說實話，我也沒鬧清楚是怎麼回事兒。我只知道我重新自由了。」

林琳把她這半年多來所經歷的事情告訴了我。在和李牧光結婚之後，他們保持著相安無事的兩地分居，只有在移民局例行問話的時候才一起去做做樣子。李牧光這個名義上的「丈夫」在美國和中國忙得團團轉，也壓根兒沒工夫去滋擾林琳。但是一個多月以前，突然有其他留學生警告林琳，李牧光可能「出了事兒」，讓她加點兒小心，而林琳這個書呆子又不會去上國內的網，她下意識地去查了查自己的銀行戶頭，卻發現帳號裡的錢已經統統被轉走了。接著，李牧光醉醺醺地找到了她，宣布要和她離婚，還要向移民局告發她。他還告訴林琳：「要恨就恨你那個流氓假仗義的表哥吧，誰讓他和別人一起串通起來搞我——這對他又有什麼好處？他他媽的就是嫉妒我。」林琳也聽不出個所以然來，但還是被對方那副喪心病狂的樣子嚇壞了，並且為有可能到來的牢獄之災憂心忡忡。然而就在這個時候，匪夷所思的事情發生了：一封匿名郵件發到了林琳的信箱裡，內容是數十張李牧光和不同膚色女人做愛的豔照。

「那些女人一看就是妓女，他們的樣子別提多噁心了。」林琳做了個嘔吐狀說，「幸虧我不是和這種人真結婚。」

「照片在哪兒呢？」我問。

「我電腦裡就有——我是不要再看了。」

我打開林琳的電腦，找到了那組照片。拍攝場所是一間敞亮、整潔的辦公室，那裡有寬大的寫字檯、旋轉大班椅，還有一圈鋥光瓦亮但幾乎空空如也的書櫃。至於那些蝶亂蜂狂的場面，就和辦公室的環境很不搭調了：李牧光或者全身赤裸，或者穿著一件皮質小內褲，或者嘴巴裡塞著一只粉紅色的小塑料球；他有時趴在桌子上被東歐女人用皮鞭打屁股，有時像狗一樣被拉美女人用鎖鏈牽著滿地爬，有時被亞裔女人綁在一根鋼管上。真沒想到這哥們兒在性生活方面有著如此離奇的愛好。而這些照片都是從同一個角度居高臨下拍攝的，顯然來自於安置在天花板邊緣的攝像頭。

林琳繼續告訴我，她雖然不知道這些照片是誰發來的，但卻條件反射地想到了應該怎麼利用它們。她雇了一個律師，搶先一步對李牧光提出了離婚訴訟，理由是對方婚內不忠，生活放蕩。自然，李牧光也圖窮匕見，揭出了他們假結婚的事實，但這時候形勢已經發生了逆轉：結婚是真是假還需要移民局進一步調查，照片上的淫亂場面卻是鐵證如山；法院還懷疑他是在為了逃避責任而胡攪蠻纏。而在美國這種極其強調保護婦女利益的國家，即使他在婚前做過財產公證，一旦成為了「過失方」也會吃不了兜著走。官司三下五除二就宣判了，林琳得到了大筆賠償。一旦手頭有了錢，因為離婚而失效的綠卡反而是小問題了。

「如果我願意，可以用那些錢來直接辦理投資移民，不過我可不想過得像個暴發戶，還是接著上學比較舒服。」稀里糊塗地變成了小富婆的林琳說，「只要有學可上，在美國還是在英國都是無所謂的了。」

「那麼李牧光呢，他現在在哪兒？」

「從法院出來就沒見過他，好像是藏起來了……聽說他的生意出了很大的麻煩，在中國一個什麼項目的投資虧了個一乾二淨，被迫把美國的公司也給賣了。後來，連離婚協議都是由他的委託律師代發的。」

我暗暗舒了一口氣。而至於這些反戈一擊的照片究竟從何而來，我心裡已經有了答案，只不過還有一些技術上的問題需要確認。好在我面前就坐著一位理工科的雙料女博士。

我對林琳說：「我還是好奇這些照片是怎麼拍下來的。照片上的地點應該是李牧光的公司，而大多數寫字樓都會裝有監控設備，這是沒問題的。可李牧光難道是個傻瓜嗎？他要是在辦公室淫亂，肯定會提前把那些攝像頭關掉才對啊。這麼大張旗鼓地現場直播，不成了黃色錄像的演員了嘛。」

林琳給出了相當專業的解答：「監控設備既然可以關掉，也就可以重新打開，而它一旦聯網的話，都是能通過電腦來遠程控制的——當然，前提是操縱它的人對這套設備的源代碼極其熟悉，又通過病毒或者其他黑客手段入侵了李牧光辦公室的電腦防火牆。一旦入侵成功，就算李牧光關掉了攝像頭，他在這房間裡的一舉一動都有可能出現在地球上的任何一台電腦屏幕裡。這麼做的難度當然很高，但在理論上是可行的。」

我點了點頭：「還有一個問題……通過那封匿名郵件，可以追查到發件人的位置嗎？」

「也不容易，但理論上也可行。」林琳說，「一般情況下，只有軍方和警察的專業設備才能做到，但如果是精通計算機和互聯網技術的高手，也可以用民用電腦進入郵箱的服務器，定位出某一封郵件的發送地址。那些人還常常受雇於大公司，做點兒商業間諜什麼的勾當。」

「你在美國的同學裡，有這樣的人嗎？」我問，「我付錢。」

林琳看了我一眼：「有倒是有……不過你有必要非得這麼做嗎？反正我已經離開了李牧光，我這個當事人都沒有好奇心了，你又何苦呢？」

我說：「這涉及到一個朋友。」

林琳沒再說什麼，坐在電腦前打開了聊天軟件。沒過一會兒，她告訴我，聯繫上了一個每次考試之前都能從教授的電腦裡把試題「黑出來」的印度裔同學，對方對這趟活兒的報價不高，只要一千美元。她已經替我把帳轉了過去。我點點頭，走出她的房間，站在草坪上抽了顆菸。

美國小鎮的天空透亮而悠遠，滿天星光交替明滅，竟有蠕動之感，這是在國內大多數地方都看不到的。我站在這地球的另一面，懷念著我的朋友安小男。他的工作是在電腦前監視著美國，但卻從來沒有來過這裡；然而他卻神出鬼沒地改變了周邊那些美國人和中國人的生活。做出了這一連串事情，他心裡的積鬱會減輕一些嗎？

戲劇性的是，他報答我、幫助了林琳的手段，其實和當初那位銀行行長交給他的任務如出一轍。曾經拒絕過的事情，如今卻主動為之。

經由他這個人，我對於身處其中的這個世界的觀念，似乎也發生了震撼性的改變。毫無疑問，在那鋼鐵洪流一般運轉的規則之下，我們都是一些孱弱無力的螻蟻，但通過某種陰差陽錯的方式，螻蟻也能鑽過現實厚重的鎧甲縫隙，在最嫩的肉上狠狠地咬上一口。

抽完菸，我到小鎮邊緣的汽車旅館訂了一個房間，然後才步行走回到林琳那裡。才一進門，林琳就告訴我，事情搞定了。印度人的活兒幹得很漂亮，他在谷歌地圖上用箭頭標記了發件人的具體地址。我轉動著鼠標，把電腦上的地球放大，再放大——亞洲，中國，華北平原和燕山山脈，北京城區，海淀區中關村一帶的幾所高校……終於，箭頭指向了一個叫作掛甲屯的地方。

沒想到是掛甲屯，理所應當是掛甲屯。

當天晚上，我提前訂好了從洛杉磯回北京的機票，第二天一早，林琳借了房東那輛又老又破的「龐蒂亞克」汽車，從旅店送我去機場。我們兄妹的異國相聚就這麼匆匆結束了，而下次再見面，就有可能是在倫敦或者別的什麼國家的城市裡了。

臨別前，我像小時候一樣抬起手來，把林琳額頭前的瀏海胡嚕亂了。她的眼圈分明一紅。

我問她：「你就準備在全世界的學校裡混下去嗎……也不為以後做一下打算？」

「我是個規劃能力特別弱的人。」林琳說，「以後的事情那就以後再說吧。」

然後，我們儘量輕描淡寫地告了別。十來個小時之後，我回到了北京。地球的另一面仍然是白天，但由於在飛機上一直都戴著眼罩昏睡，我並不睏。上了出租車之後，我讓司機把我拉到了掛甲屯。

因為學校周邊的特殊生態，這裡的住戶仍以年輕的閒雜人等為主，街道和房屋也持續著亂七八糟。我循著記憶在窄小的土路上緩緩穿行，與一張張彷彿當年自己的面孔擦肩而過，找到了當初見到安小男的那個小院兒。公共廁所仍在院子的斜對面散發著濃郁的氣味，但這一次，安小男卻沒有攥著一卷飄盪的衛生紙走出來。我走進了院門，正好撞上了那位習慣於穿著睡衣去買菜的女房東，便問她安小男有沒有搬回來住。

「沒有。」女房東篤定地回答，但又歪了歪腦袋說，「但我前一陣還見過他呢……應該又回到這一片兒了吧。」

電子地圖的精確範圍大概是幾百平方米，也就是說，安小男總會在附近的這幾條巷子裡窩著。然而即使是在幾百平方米之內，大大小小的出租屋也多如牛毛，想要找到他並不容易。我一邊亂轉，一邊安慰自己：就算今天找不著，還有明天和後天，時間多得是。

但剛這麼想，路邊的一個門臉便吸引了我的注意。土路拐角的街口，開著一家「香辣鴨脖」和一家「黃雞燜米飯」，雞鴨之間夾著一幢矮小的小平房，格局分為裡外兩層，外面是個玻璃櫃檯，櫃檯裡擺著幾台電腦主機和主板、硬盤之類的配件。在學生聚居的地方，這種專修電腦的小店本不稀奇，但櫃檯後面那個女人的側影卻分外眼熟。我放慢腳步，緩緩地挪動著腳步，認出了安小男他媽。她正面對著一台十四寸黑白電視，不知是在看還是在聽。

那麼安小男一定是在裡屋吧，我看見剛好有一個男人走了進去，說他的車總是被鄰居劃破了漆，想買一套攝像的玩意兒「抓他個現行」。然後，裡屋那雜亂的工作檯前便出現了半個背影。的確是安小男。他正彎著腰從地上的紙箱子裡往外翻著什麼，同時問買主需不需要上門安裝。

我心裡一熱，幾乎脫口喊出了他的名字，但隨即卻又硬生生地止住了自己：我來這裡，只不過是想看一看安小男這個人是否還在，看到了，心願也就了了。我不確定自己是否應該拖泥帶水地和他把交情續上——如果李牧光家裡的親戚和手下仍在鍥而不捨地尋找著安小男，他們是很可能通過我把他挖出來的。況且，安小男這樣的人最好的結局，不正是和所有的朋友「相忘於江湖」嗎？

正這麼想著，櫃檯後面的安小男他媽卻緩緩地轉過了臉來，朝著我和藹地笑了。我慌了一下，本想回報給她一個笑容，但馬上便發現她的目光是全然空洞的。她的眼睛即使還沒有接近失明，也是不可能從這麼遠的地方辨認出我來了吧。那個笑無非是她對街上來來往往的人們的本能反應。

我掉頭就走，卷著風離開了掛甲屯。一路上從小跑變成了飛奔，扛著行李來到母校北牆外的那條大寬馬路上，這才停下來，扶著電線杆子喘息。而當我重新直起腰來，忽然發現手邊的水泥柱上，鑲著一張寫有「圖像採集」字樣的藍色標牌。再往上看過去，一枚三百六十度的攝像頭正不動聲色地懸在我的頭頂。

我盯著它，如同在與蒼穹之上的一雙眼睛對視。

後記

迄今為止我去過一次台灣，大概是二〇一四年冬天，就在台北待了一個星期左右。日程安排得還挺充實，白天參加交流並觀瞻了一些文化老腕兒的故居，晚上呼朋引伴，和老師朋友們去熱炒店喝啤酒。作為一北方人，感覺祖國南方地區的人民群眾有著一些共同的特點，台灣概莫能免。比如人說話的腔調很柔和，女的尤其「嗲」。在熱炒店碰見一「酒促」小姑娘，力邀我們喝「青島」啤酒，我們說是北京來的，沒必要專門到台灣喝這個牌子了吧，想嘗試一下當地特色的「台啤」。但這身穿白綠制服的姑娘嬌聲抗議「不要了啦」，三言兩語，臭男人們就放棄立場了，千里之外喝了一肚子家門口小賣部就能買到的「青島」。再比如，這裡的人們在日常生活中的娛樂精神很強，八卦精神也很強，我去那幾天，恰好一著名的廚子出了緋聞，和女粉絲在「摩鐵」裡不清不楚的，什麼時候打開電視，節目裡播的都是這個。通過討論這個廚子，我和很多台灣朋友有了共同語言，吃飯的時候也互相逗：

「嘴巴都麻掉了啦。」

當然也有一些地方，台北與我所見慣了的那個生活環境不太一樣。最突出的一點，就是這個城市的社會毛細血管極其發達，走在街上見不到什麼公權力的標誌物，更沒那麼多代表宏大理念的標語口號，但像原子一般的個人卻運轉自如，大部分事情不必「經官」，該辦也就辦了。另外就是人們普遍擺脫了暴發戶心態，對待金錢和消費的態度反而比較務實；城市的繁榮沒有體現在大與華麗上，而是體現在了方便上。

也正是因為來過這個地方，我心想，自己的作品也許是能在這裡找到共鳴的。

我是個寫小說的，所講的主要是當代人，尤其是城市人的故事。近兩年來，我希望表現的，基本上也是在經濟高度發達，欲望極度膨脹的社會環境下，一個個小人物的典型命運。人在一個金錢主導，信奉個人成功的主流價值觀的生活狀態下，將要如何自處？假如他或她想要追求的，又被堅硬無情的現實邏輯所不容，那麼這個人的選擇究竟應該是屈從還是抵抗？也許這是進入所謂的「全球資本主義」時代以來，幾乎大部分人必須面對的問題，而越是文明發達、物質過剩的地區，上演的類似故事也就越是極端。這樣的故事曾經發生在十九世紀的歐洲，二十世紀初的美國，二十世紀七〇、八〇年代的台北，又輪到了二十世紀九〇年代以來的上海和北京。

已經有前一輩的藝術家為我們提供了示範。在台灣，不得不提到白先勇和李昂，我對於文學寫作的學習正是伴隨著對他們的閱讀開始的。另外，楊德昌的電影也曾經給我留下了深刻的印象，在《牯嶺街少年殺人事件》、《麻將》和《一一》這些電影中，他所實踐的，對於一個地區的社會變化和人物命運之間隱祕聯繫的揭示，也令我感到敬佩和嘆服。

關心共同的時代之變與人心之變，在這個基礎上，我希望台灣的朋友們能夠略微看得上我的一兩篇作品。

最後，還是要說兩句真誠的客套話。感謝人間出版社的朋友和同仁，他們的眼光與責任心，為我的寫作搭建了一條跨海之橋。

附錄

石一楓不完全創作年表

作品名稱	**刊物（或出版社）**
〈上學〉（處女作短篇小說）	《北京文學》一九九六年
〈流血事件〉（短篇小說）	《北京文學》一九九八年
〈不准眨眼〉（中篇小說）	《西湖》二〇〇六年
《紅旗下的果兒》（長篇小說）	九州出版社二〇〇九年出版
《節節最愛聲光電》（長篇小說）	新世界出版社二〇一〇年出版
《戀戀北京》（長篇小說）	新世界出版社二〇一二年出版
《我在路上的時候最愛你》（長篇小說）	十月文藝出版社二〇一二年十一月出版
《我妹》（長篇小說）	外文出版社二〇一三年三月出版
〈世間已無陳金芳〉（中篇小說）	《十月》二〇一四年
《不准眨眼》（中短篇小說集）	太白文藝出版社二〇一四年三月出版
《合奏》小說集（中短篇小說集）	山東文藝出版社二〇一四年九月出版
〈地球之眼〉（中篇小說）	《十月》二〇一六年
《世間已無陳金芳》（中篇小說集）	十月文藝出版社二〇一六年一月一日出版
〈特別能戰鬥〉（長篇小說）	《小說月報·原創版》二〇一六年
〈營救麥克黃〉（中篇小說）	《芒種》二〇一六年

國家圖書館出版品預行編目（CIP）資料

世間已無陳金芳 / 石一楓著. --初版. --臺北市：人間, 2016. 09
264面；14.8 x 21公分
ISBN 978-986-93423-1-5（平裝）

857.63　　105012509

世間已無陳金芳

作者　石一楓
執行編輯　蔡鈺淩
封面設計　蔡佳豪
內文版型設計　黃瑪琍
排版　仲雅筠
校對　高怡蘋、邱月亭、蔡鈺淩

發行人　呂正惠
社長　林怡君
出版　人間出版社
台北市長泰街五十九巷七號
電話　（02）23370566
傳真　（02）23377447
郵政劃撥　11746473．人間出版社
電郵　renjianpublic@gmail.com

定價　三二〇元
初版一刷　二〇一六年九月
ISBN　978-986-93423-1-5

印刷　崎威彩藝有限公司
總經銷　聯合發行股份有限公司
新北市新店區寶橋路二三五巷六弄六號二樓
電話　（02）29178022
傳真　（02）29156275